www.ingramcontent.com/pod-product-compliance
Lightning Source LLC
Chambersburg PA
CBHW071942190726
48293CB00004B/1308

باسمه تعالی

ضربان عشق

(۱۱۰ داستان کوتاه، شیرین و آموزنده)

نویسنده: افسانه میرآبی

سریال کتاب: **P2245110089**

عنوان: ضربان عشق

زیر نویس عنوان: ۱۱۰ داستان کوتاه، شیرین و آموزنده

پدید آورنده: افسانه میرآبی

ویراستار: طاهره میرهاشمی

شابک: **ISBN: 978-1-989880-93-7**

موضوع: داستانهای کوتاه، اجتماعی

مشخصات کتاب: **Paperback, A5**

تعداد صفحات: **146**

تاریخ نشر در کانادا: می ۲۰۲۳

Kidsocado Publishing House

خانه انتشارات کیدزوکادو

ونکوور، کانادا

تلفن: **+1 (833) 633 8654**

واتس آپ: **+1 (236) 333 7248**

ایمیل: INFO@KIDSOCADO.COM

وبسایت انتشارات: HTTPS://KIDSOCADOPUBLISHINGHOUSE.COM

وبسایت فروشگاه: HTTPS://KPHCLUB.COM

قوی سیاه فرهنگ ایران

آیا تا کنون یک قوی سیاه دیده‌اید؟

آیا شما هم باور دارید که تنها قوی سفید وجود دارد؟ باور به وجود قوی سیاه شاید دور از ذهن باشد؟ شاید هنوز یک قوی سیاه به چشم ندیده‌اید؟ قبل از کشف استرالیا هیچ‌کس نمی‌دانست که قوی سیاه وجود دارد و همه خیال می‌کردندکه امکان‌پذیر نیست اما زمان کشف استرالیا قوی سیاه که قویی بسیار زیبا و کمیاب بود دیده شد. و بسیاری از مردم باور کردند که قوی سیاه نیز وجود دارد.

و ما، یعنی خانه انتشارات کیدزوکادو، قوی سیاه را در فرهنگ ایران بوجود آوردیم. قوی سیاهی که امکان وجود و باورش سخت بود.

هم‌زبانان ما نیز شاید از وجود یک انتشارات رسمی خارج از ایران که این امکان را به پدیدآورندگان یک اثر فرهنگی برای انتشار اثرشان در سراسر دنیا بدهد و همچنین دسترسی به کتاب فارسی را به علاقمندان کتاب در سراسر دنیا آسان کند، خبر نداشتند و انتشار و تهیه کتاب فارسی از یک بستر جامع مانند قوی سیاه غیر ممکن به نظر می‌رسید.

افتخار داریم که سهم کوچکی در گسترش فرهنگ غنی‌مان داریم و امکان انتشار آثار به فارسی و هر زبان دیگری را برای اولین بار برای نویسندگان فارسی‌زبان میسر کردیم. امکان جهانی‌شدن پیامشان و رسیدن صدایشان به دنیا را...

و اما برای ما غربت‌نشینان، سفارش کتاب فارسی از **آمازون** و یا هر وبسایت کتاب‌فروشی و دریافت‌اش درب خانه، لحظه گشودن آن بسته، بوی کتاب و ارتباط با زبان مادری بسان دیدن قوی سیاه شگفت انگیز است.

در رسالت ما یعنی، در دسترس گذاشتن سریع و آسان، آثار و فرهنگ غنی ایران و معرفی نویسندگان ایرانی به فرزندان ایران، به کتاب دوستان ایرانی و به تمام دنیا، همراه ما باشید.

<table>
<tr><td>Read the words feel the world.</td><td>بخوانید تا دنیا را احساس کنید.</td></tr>
<tr><td></td><td>کلاب کتاب کیدزوکادو</td></tr>
<tr><td>Let The World Reach your Words.</td><td>پیامتان را جهانی کنید.</td></tr>
<tr><td></td><td>خانه انتشارات کیدزوکادو</td></tr>
</table>

قوی سیاه برگرفته از کتاب قوی سیاه نوشته نسیم طالب

تقدیم

دوست کسی است که نزد او می‌توانم بلند فکر کنم، دوستی کلمهٔ زیبایی است که هر کسی درکش کرد، ترکش نکرد.

تقدیم به دوست خوبم سرکار خانم مهناز داورزنی که ایدهٔ نوشتن کتاب به کمک ایشان همان ستارهٔ آسمانی که حتی با ندیدنشان، آسوده خاطرم که هم چنان درخشان و پرنور حضور دارند، نوشته شده است!

مقدمه

موفقیت چیزی است که در هر سنی افراد به دنبال آن هستند، همه دوست دارند در زندگی شان فرد موفقی با شند. طبیعی است که افراد همواره به دنبال موفقیت باشند، اما موفق بودن در برهه‌های زندگی ارزش بیشتری پیدا می‌کند. مخصوصا اگر شما هنوز نوجوان هستید، می‌توانید به موفقیت دست یابید و زمینه‌های موفقیت آینده تان را از همین حالا فراهم کنید، چراکه دوران نوجوانی از حساس‌ترین برهه‌های زندگی یک فرد می‌باشد. دوران نوجوانی پلی است میان کودکی و بزرگسالی. گذرگاهی پر از فراز و نشیب که موفق طی کردن آن اهمیت بسیاری دارد. نوجوانان در کنار این که در برهه حساس زندگی خود هستند، پایه‌های زندگی آینده خود را در این سن بنا می‌کنند. موفقیت در نوجوانی موضوعی است که در کنار شکل گیری شخصیت و هویت در این دوران مطرح می‌شود. موفقیت می‌تواند به یک هدف تبدیل شود. برای رسیدن به موفقیت باید برنامه ریزی کرد و تمام تلاش خود را به کار برد. نوجوانی دوران بسیار حساسی است که انسان در این دوران می‌تواند آینده و موفقیت خود را با رفتار و تصمیماتش رقم بزند. بنابراین پشت سر گذاشتن این دوران به صورت موفق تاثیر به سزایی در آینده فرد خواهد داشت. در کتاب «ضربان عشق» سعی شده به عوامل مختلفی که در موفقیت افراد، به ویژه نوجوانان، در زندگی شان نقش دارند اشاره شود. سعی کرده ایم با انتخاب ۱۱۰ داستان شیرین، کوتاه و تاثیر گذارو بیان ۱۱۰ کلید طلایی برای زندگی موفق، این امر را محقق کنیم. اما علت نام گذاری کتاب، اشاره به اسرار عدد ۱۱۰ می‌باشد که اشارهٔ کوتاهی به این موضوع می‌کنیم:

۱-ضربان عشق: قلب یک آدم عاشق روزی ۱۱۰ هزار بار، برای معشوق می‌تپد. هم چنین او حداکثر ۱۱۰ ساعت می‌تواند از عشق معشوق، بی خوابی بکشد، فکر کند یا چشم به راه بماند.

۲-روشنایی‌های شهر: ادیسون یکی از معنی کنندگان عدد ۱۱۰ در طول تاریخ است. او سال ۱۸۸۲میلادی کارخانه مرکزی تولید برق «پرل استریت» را تمام کرد. بعد چهارم سپتامبر همان سال به خانه ۹۵ مشتری پول دارش در محله منهتن نیویورک آن هم برای اولین بار، جریان برقی با قدرت ۱۱۰ ولت فرستاد. هنوز هم که هنوز است برق مصرفی در جهان ۱۱۰ ولت یا ضریب ۲ آن، یعنی ۲۲۰ ولت است.

۳-متراژ دویدن و پریدن: به ورزش‌هایی که عدد ۱۱۰ را بگویی، قبل از هر چیز می‌گویند این متراژ مسابقات دو با مانع است.

۴-دنیای صفر و یک: ۱۱۰ معادل ابجد کلمه «علی» است. خدا واحد است و یک نماد او و علی (ع) هم به گفتهٔ خودش نقطه ب «بسم الله» است و معادل صفر، دو عددی که تمام علم جدید و تکنولوژی، روی آن‌ها می‌چرخد.

۵-روزهای جنگ: جنگ «صفین» در سال ۳۷ هجری بین امام علی (ع) و معاویه بود، صفین نام محلی بین سوریه و عراق در کرانه‌های رود فرات است که ۱۱۰ شبانه روز، شاهد این حادثه تاریخی بود.

۶-اتفاق‌های اتفاقی: اتفاق‌هایی هم تا حالا رخ داده که خیلی اتفاقی عدد ۱۱۰توی آن‌ها نقش بازی می‌کند. مثلا فاصلهٔ سیاره زهره تا خورشید ۱۱۰ میلیون کیلومتر است. آخرین سوره نازل شده به پیامبر، صد و دهمین سوره قرآن بر اساس کتابت فصلی است.

۷-رکورد سمبلیک: برج «سیرز» با داشتن ۱۱۰ طبقه، بلندترین بنا در آمریکا محسوب می‌شود. این برج ۴۳۵ متری، یکی از سمبل‌های این شهر هم هست.

شاد باشید و قدرت خنده را جدی بگیرید (اهل شوخی و گفتن طنز باشید).

خانمی در زمین گلف سرگرم بازی بود. ضربه‌ای به توپ زد که سبب پرتاب توپ به درون بیشه‌زار کنار زمین شد. خانم برای پیدا کردن توپ به بیشه زار رفت که ناگهان با صحنه‌ای روبرو شد. قورباغه‌ای در تله‌ای گرفتار بود و از عجایب آن روزگار این بود که آن قورباغه به زبان آدمیان سخن می‌گفت! رو به آن خانم گفت: اگر مرا از بند آزاد کنی، سه آرزویت را برآورده می‌کنم. خانم ذوق زده شد و خیلی سریع قورباغه را آزاد کرد. قورباغه به او گفت نذاشتی شرایط بر آورده کردن آرزوها را بگویم. هر آرزویی که برایت برآورده کردم، ۱۰ برابر آن را برای همسرت برآورده می‌کنم. خانم کمی اندیشید و گفت: ایرادی ندارد و آرزوی اول خود را گفت: من می‌خواهم زیباترین زن دنیا شوم. قورباغه به او گفت: اگر زیباترین شوی شوهرت ۱۰ برابر زیباتر می‌شود. و شاید چشم زن‌های دیگر به دنبالش بیفتد. و تو او را از دست بدهی. خانم گفت: مشکلی نیست. چون من زیباترینم، کس دیگری در چشم او به جز من نخواهد ماند. پس آرزویش برآورده شد. سپس گفت: من می‌خواهم پولدارترین آدم جهان شوم. قورباغه به او گفت: شوهرت ۱۰ برابر پول دارتر می‌شود شاید به زندگی تان آسیب بزند. خانم گفت: نه هر چه من دارم مال اوست و آن وقت او هم مال من است. پس آرزویش برآورده گردید و پول دار شد. آرزوی سومش را که گفت: قورباغه جا خورد و بدون چون و چرایی برآورده کرد. خانم گفت: می‌خواهم به یک حمله قلبی خفیف دچار شوم.

پیاز دیگران نباشیم، گریاندن آسان است، دیگران را شاد کنیم.

در زندگی برنامه و هدف داشته باشید.

در دهکده‌ای یکی از کشاورزها سگی داشت که همیشه کنار جاده می‌نشست و منتظر وسایل نقلیه‌ای می‌شد که از آن مسیر رد می‌شدند. به محض این که ماشینی سر می‌رسید سگ به دنبال آن تا پایین جاده می‌دوید و در حالی که پارس می‌کرد سعی می‌کرد تا از آن ماشین جلو بزند. روزی همسایه آن کشاورز از او پرسید:

فکر می‌کنی بالاخره روزی سگت موفق می‌شود که از یکی از این ماشین‌ها سبقت بگیرد؟

کشاورز پاسخ داد: این موضوع مهم نیست. آن چه مهم است این است که اگر روزی از یکی از ماشین‌ها سبقت بگیرد چه چیزی به دست خواهد آورد؟ چون برای این همه تلاش هدفی ندارد.

مغز به صورت بیولوژیک نیاز دارد برای رسیدن به هدف تلاش کند، اگر به آن هدف ندهیم هدفی پیدا می‌کند، چون نمی‌تواند بی‌فکر بماند. اگر هدف نداشته باشیم وسیلۀ رسیدن دیگران به اهدافشان می‌شویم.

خود خواه نباشید.

شخصی سگش در حال مرگ بود و او در کنار راه نشسته بود و زار زار بر این درد می‌گریست. کسی از آنجا می‌گذشت. گفت: چه شده؟ این گریه و زاری برای کیست؟ گفت: برای سگم، سگ خوبی داشتم که روزها صید می‌کرد و شب‌ها برایم نگهبانی می‌داد. بسیار چالاک و تیز بین و با وفا و هوشیار بود و حالا در میان راه در حال مرگ است. رهگذر پرسید: مریضی او چیست؟ آیا زخمی به او رسیده است؟ گفت: خیر از گرسنگی می‌میرد. رهگذر پرسید: آن انبانی که در دست داری چیست؟ مرد گفت: نان و غذای دیشب من است که زیاده مانده. با خود می‌برم که بعدا بخورم. رهگذر پرسید: چرا آن را به سگت نمی‌دهی؟

مرد گفت: برای آن‌که نان بدون درهم و دینار به دست نمی‌آید ولی اشک رایگان است.

مثنوی مولوی ــ دفتر پنجم

در جایی که همه به فکر خود هستند، روح سالم وجود ندارد، زندگی مثل یک پل قدیمی است، هنگام عبور از آن به این فکر نباش که اگر تنها باشی دیرتر فرو می‌ریزد، در این فکر باش که اگر افتادی یک نفر باشد تا دستت را بگیرد.

۴

از سختی‌ها نترسید وبه خاطر چیزهایی که از دست می‌دهید ناراحت نشوید.

پیرمردی سوار بر قطار به مسافرت می‌رفت. به علت بی‌توجهی لنگه کفش ورزشی وی از پنجره قطار بیرون افتاده بود. مسافران دیگر برای پیرمرد تاسف می‌خوردند. ولی پیرمرد بی‌درنگ لنگه‌ای دیگر کفشش را هم بیرون انداخت.

همه تعجب کردند. پیرمرد گفت: که یک لنگه کفش نو برایم بی‌مصرف می‌شود. ولی اگر کسی یک جفت کفش نو بیابد، چه قدر خوشحال خواهد شد. آدم معقول همواره می‌تواند از سختی‌ها، شادمانی بیافریند و به آن چه از دست داده است فرصت سازی کند.

بابت سختی‌هایت ناراحت نباش، بلکه ناراحتی ات از بابت فرصت‌هایی باشد که به دلیل تلاش دوباره نکردن از دست می‌رود.

محبت کنید.

هر وقت دلش می‌گرفت به کنار رودخانه می‌آمد. در ساحل می‌نشست و به آب نگاه می‌کرد پاکی و طراوت آب، غصه‌هایش را می‌شست. اگر بی‌کار بود همان جا می‌نشست و مثل بچه‌ها گل بازی می‌کرد. آن روز هم داشت با گل‌های کنار رودخانه، خانه می‌ساخت. جلوی خانه باغچه‌ای درست می‌کرد و توی باغچه چند ساقه علف و گل صحرایی گذاشت. ناگهان صدای پایی شنید و برگشت و نگاه کرد. زبیده خاتون (همسر خلیفه) با یکی از خدمتکارانش به طرف او آمد. به کارش ادامه داد. همسر خلیفه بالای سرش ایستاد و گفت: بهلول، چه می‌سازی بهلول با لحنی جدی گفت: بهشت می‌سازم. همسر هارون که می‌دانست بهلول شوخی می‌کند، گفت: آن را می‌فروشی؟ بهلول گفت: می‌فروشم. قیمت آن چند دینار است؟ صد دینار.

زبیده خاتون گفت: من آن را می‌خرم. بهلول ۱۰۰ دینار را گرفت و گفت: این بهشت مال تو، قباله آن را بعد می‌نویسم و به تو می‌دهم. زبیده خاتون لبخندی زد و رفت. بهلول سکه‌ها را گرفت و به طرف شهر رفت. بین راه به هر فقیری رسید یک سکه به او داد. وقتی تمام دینارها را صدقه داد با خیال راحت به خانه برگشت. زبیده خاتون همان شب، در خواب وارد باغ بزرگ و زیبایی شد. در میان باغ قصرهایی دید که با جواهرات ۷ رنگ تزیین شده بودند. گل‌های باغ عطر عجیبی داشتند. زیر هر درخت چند کنیز زیبا، آماده به خدمت ایستاده بود ند یکی از کنیزها ورقی طلایی رنگ به زبیده خاتون داد و گفت: این قباله همان بهشتی است که از بهلول خریده‌ای! وقتی زبیده از خواب بیدار شد از خوشحالی ماجرای بهشت خریدن و خوابی را که دیده بود برای هارون تعریف کرد. صبح زود هارون یکی از خدمتکارانش را به دنبال بهلول

فرستاد. وقتی بهلول به قصر هارون آمد به او خوشامد گفت و با مهربانی و گرمی از او استقبال کرد. بعد ۱۰۰ دینار به بهلول داد وگفت: یکی از همان بهشت‌هایی را که به زبیده فروختی به من هم بفروش! بهلول، سکه‌ها را به هارون پس داد و گفت: به تو نمی‌فروشم. هارون گفت: اگر مبلغ بیشتری می‌خواهی، حاضرم بدهم. بهلول گفت: اگر هزار دینار هم بدهی نمی‌فروشم، هارون ناراحت شد و پرسید چرا؟ بهلول گفت: زبیده خاتون آن بهشت را ندیده خرید اما تو می‌دانی و می‌خواهی بخری، من به تو نمی‌فروشم.

ساقه شکستن قانون طوفان است، تو نسیم باش و محبت کن!

استعدادهایتان را کشف و شکوفا کنید.

حکیمی پسران را پند همی داد که جانان پدر هنر آموزید که ملک و دولت دنیا را اعتماد نشاید و سیم و زر در محل خطر است. یا دزد بی‌کار ببرد و یا خواجه به تفاریق بخورد. اما هنر چشمه زاینده است و دولت پاینده.

اگر هنرمند از دولت بیفتد غم نباشد که هنر در نفس خود دولت است. هنرمند هر جا که رود قدر بیند و در صدر نشیند و بی‌هنر لقمه چیند و سختی بیند. (سعدی)

به سمت هنر بروید، نه لزوما به عنوان شغل و با هدف پول در آوردن. انواع هنرها راهی بسیار انسانی هستند برای تحمل پذیر کردن زندگی. به سمت هنر بروید فارغ از این که چقدر در آن خوب یا بد هستید.

باورهایی که مانع از اتفاق‌های مثبت در زندگی‌تان می‌شود را حذف کنید.

روزی شیوانا استاد معرفت در جاده‌ای همراه شاگردان راه می‌سپرد. مردی با لباس مجلل و گران قیمت، خودش را به استاد رساند و از او خواست تا سکه‌ای از بابت تبرک به او بدهد. شیوانا سرش را پایین انداخته بود و گام بر می‌داشت و مرد نیز مصرانه هم پای او راه می‌رفت و در خواست خود را تکرار می‌کرد. چند قدم بالاتر زن فقیری که شیوانا را نمی‌شناخت نیز به جمع آن‌ها نزدیک شد و از مرد ثروتمند در خواست کمک نمود. مرد با خشم بر سر زن فقیر فریاد زد: که مگر نمی‌بینی که من خودم از باب تبرک دست به دامان سکه‌ای از شیوانا هستم. اگر وضعم خوب بود که چنین نمی‌کردم! زن فقیر با شنیدن این کلام از جمع فاصله گرفت و غمگین و مغموم روی سنگی کنار جاده نشست. شیوانا به محض دیدن این صحنه متوقف شد و خطاب به مرد گفت: تو سکه را برای چه می‌خواهی؟

مرد خوشحال گفت: میزان سکه فرق نمی‌کند! فقط می‌خواهم سکه‌ای از شما داشته باشم که با گذاشتن آن در لا به لای سکه‌هایم برکت و فراوانی به ثروتم اضافه شود! شیوانا دست در جیب کرد و سکه‌ای کم بها به مرد داد.

مرد خوشحال از شیوانا جدا شد و به سمت منزل خود به راه افتاد. هنوز چند قدمی از شیوانا دور نشده بود که شیوانا با صدای بلند فریاد زد آهای مرد! من فقط سکه‌ای بی‌روح و بی‌خاصیت به تو دادم برکت و فراوانی را باید موجودی دیگر به تو بدهد و او منتظر است تا ببیند آیا این سکه را به این زن فقیر می‌دهی یا خیر؟ اگر چنین نکنی هیچ برکتی نصیب تو نخواهد شد! مرد ثروتمند لحظه‌ای مکث کرد و با تعجب به شیوانا خیره شد و گفت: اگر حرف

شما درست باشد پس من نیازی به سکه شما ندارم. و با دادن یکی از سکه‌های خودم به این زن فقیر می‌توانستم برکت و فراوانی را به سوی مالم بکشانم؟ شیوانا تبسمی کرد و پاسخ داد: البته که چنین است سکه شیوانا هیچ تفاوتی با سکه تو ندارد مهم شکل استفاده از آن است.

تمام آن چه شما اکنون در زندگی تان می‌بینید به واسطه باورهای شما بوجود آمده است. اگر از شرایط کنونی خود احساس رضایت نمی‌کنید، لازم است باورهایتان را تغییر دهید. باورهای اشتباه را شناسایی کنید و باورهای صحیح را جایگزین آن‌ها کنید.

باهوش و زیرک باشید.

بازرگانی شاگردی ابله داشت. روزی چون به حجره آمد اجناس گران بها را در جای خود ندید. از شاگرد خود موضوع را پرسید. گفت: یکی آمد همه را به نسیه برد. بازرگان پرسید او را می‌شناختی؟

گفت: نه اما نشانی خوبی از او دارم. پرسید: آن نشانه چیست؟ شاگرد گفت: انگشتر زمرد شما که در جعبه دخل نهاده بودید به او دادم که در انگشت خود کند تا او را بازشناسم چه نشانه‌ای بهتر از این؟

(داستان‌های امثال)

برای اداره کردن خودت از عقلت استفاده کن، و برای اداره کردن دیگران از قلبت.

بر ترس‌هایتان غلبه کنید.

وقتی فهمید به یکی که دید شیشه جلوی ماشین پر از کیک و خون شده. از ترس پاش رو روی گاز گذاشت و در رفت. خونه شون یک کوچه بالاتر از محل تصادف بود به همین خاطر سریع به خونه رسید.

پدرش یادداشتی برایش گذاشته بود: می‌دونم که دیگه غافل‌گیر نمی‌شی، به خاطر این که نگران نشی می‌گم، من رفتم برای جشن تولدت خرید کنم، و توی راه برگشت هم کیک بخرم. شاید یه کم طول بکشه! ولی می‌یام.

(مجموعه داستانک کشف لحظه)

تر سوها هیچ وقت آغاز نمی‌کنند، ضعیف‌ها هیچ وقت تمام نمی‌کنند و برنده‌ها هیچ وقت کوتاه نمی‌آیند.

بیشتر از خدا تشکر کنید و به یاد او باشید.

ابوسعید را گفتند: کسی را می‌شناسم که مقام او آن چنان است که روی آب راه می‌رود. شیخ گفت: کار دشواری نیست، پرندگانی نیز باشند که روی آب پا می‌نهند و راه می‌روند. گفتند: فلان کس در هوا می‌پرد. گفت: مگسی نیز در هوا بپرد.

گفتند: فلان کس در یک لحظه از شهری به شهری می‌رود. گفت: شیطان نیز در یک دم از شرق عالم به مغرب آن می‌رود.

این چنین چیزها چندان مهم نیست. مرد آن باشد که در میان خلق نشیند و برخیزد و نخسبد و با مردم داد وستد کند و با آنان در آمیزد و در لحظه‌ای از خدای غافل نباشد.

امروز از دیروز به مرگ نزدیک تریم، به خدا چطور؟

شادی و غم می‌گذرد (هیچ چیز پایدار نیست)، در حال زندگی کنید و لذت ببرید.

پادشاهی حکیم شهرش را فرا خواند و از او خواست که جمله‌ای برای او بنویسد که همه‌ی لحظات آرام بخش و تسلای روحش باشد. حکیم انگشتر پادشاه را خواست و نوشته‌ای را درون انگشتر پادشاه قرار داد و با او شرط کرد فقط زمانی آن را باز کند که احساس کرد به آن نیازمند است. چندی بعد جنگی میان آن شهر و شهر همسایه درگرفت. جنگی سخت که باید به دشواری از پس آن بر می‌آمدند، متاسفانه جنگ رو به شکست می‌رفت و پادشاه خسته و درمانده بالای تپه‌ای به دام افتاد.

در اوج نا امیدی به یاد انگشترش افتاد و آن را گشود و دید که در آن نوشته است: «این نیز بگذرد» و با خواندن این جمله جان تازه‌ای گرفت و با تمام وجود به نبرد ادامه داد و سربلند و پیروز از جنگ بیرون آمد. زمان برگشت به شهرش مردم جشنی برایش بر پا کردند و او را غرق در سرور و گل وشادی کردند. پادشاه در پوست خود نمی‌گنجید و در همین حال که احساس بزرگی و غرور او را فراگرفته بود باز به یاد انگشترش بود آن را گشود و بار دیگر این جمله را دید: «این نیز بگذرد»

آن چه از روزگار به دست می‌آید با خنده نمی‌ماند و آن چه از دست می‌رود با گریه جبران نمی‌شود. فردا خورشید دوباره طلوع خواهد کرد، حتی اگر ما نباشیم!

۱۲

در کارها توکل و صبر داشته باشید.

سال‌ها پیش، مرد فروشنده‌ای از شهر بیرون رفت و پس از بازگشت متوجه شد که در غیاب او خانه و فروشگاهش آتش گرفته و سوخته و بدین ترتیب تمام دارایی خود را از دست داده بود فکر می‌کنید او چه کرد؟

لبخند زد و چشمانش را به سوی آسمان گرفت وگفت: خدایا، می‌خواهی اکنون چه کنم؟

روز بعد لوحی را بر ویرانه‌های خانه و فروشگاهش آویخت که روی آن نوشته بود: فروشگاهم سوخت، خانه‌ام سوخت، کالاهایم سوخت، اما ایمانم نسوخته است. فردا شروع به کار خواهم کرد.

برای آن که ایمان دارد، نا ممکن وجود ندارد. ایمان و باور در ابتدای هر مسئولیت دشواری تنها عاملی است که موفقیت نهایی مان را تضمین می‌کند.

خود و دیگران را ببخشید.

در یکی از جنگ‌ها عده‌ای را اسیر کردند و نزد شاه آوردند. شاه فرمان داد تا یکی از اسیران را اعدام کنند. اسیر که از زندگی نا امید شده بود خشمگین شد و شاه را مورد سرزنش و دشنام خود قرار داد که گفته‌اند که:

هر که دست از جان بشوید هرچه در دل دارد بگوید

وقت ضرورت چو نماند گریز دست بگیرد سر شمشیر تیز

شاه از وزیران حاضر پرسید: این اسیر چه می‌گوید؟ یکی از وزیران پاک نهاد گفت: این آیه را می‌خواند: والکاظمین الغیظ و العافین عن الناس (پرهیز کاران آنانند که خشم خود را فرو برند و از لغزش مردم در گذرند) شاه با شنیدن این آیه، به آن اسیر رحم کرد و او را بخشید. ولی یکی از وزیرانی که مخالف او بود نزد شاه گفت: نباید دولت مردانی چون نزد ما سخن دروغ بگویند. آن اسیر به شاه دشنام داده و او را به باد سرزنش و بد گویی گرفته. شاه از سخن آن وزیر زشت خوی خشمگین شد و گفت: دروغ آن وزیر برای من پسندیده‌تر از راست گویی تو بود. زیرا دروغ او از روی مصلحت بود و سخن راست تو از باطل پلیدت برخاست. چنان که خردمندان گفته‌اند: دروغ مصلحت آمیز به ز راست فتنه انگیز.

بخشش، شکل نهایی عشق است. آن قدر نگو اگر ببخشم کوچک می‌شوم، اگر با گذشت کسی کوچک می‌شد، خدا آن قدر بزرگ نبود.

انصاف داشته باشید.

گویند روزی دزدی در راهی، بسته‌ای یافت که در آن چیز گران بهایی بود و دعایی نیز پیوست آن بود. آن شخص بسته را به صاحبش برگرداند. او را گفتند: چرا این همه مال را از دست دادی؟ گفت: صاحب مال عقیده داشت که این دعا، مال او را حفظ می‌کند. من دزد مال او هستم، نه دزد دین. اگر آن را پس نمی‌دادم و عقیده صاحب آن مال خللی می‌یافت آن وقت من دزد باورهای او نیز بودم و این کار دور از انصاف است.

انصاف یعنی خود و دیگران را با یک دیده نگاه کردن، یعنی آن چه بر خود نمی‌پسندی بر دیگران هم نپسند و آن چه برای خود می‌پسندی برای دیگران هم بپسند.

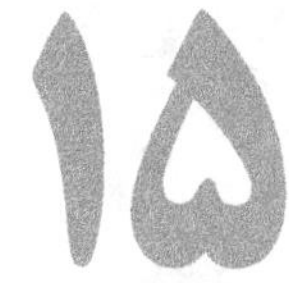

دوستان خوبی انتخاب کنید و قدر آن‌ها را بدانید.

دو دوست با پای پیاده از جاده‌ای در بیابان عبور می‌کردند. بین راه سر موضوعی اختلاف پیدا کردند و به مشاجره پرداختند.

یکی از آن‌ها از سر خشم بر چهره دیگری سیلی زد. دوستی که سیلی خورده بود سخت آزرده شد، ولی بدون آن‌که چیزی بگوید روی شن‌های بیابان نوشت: امروز بهترین دوست من بر چهره‌ام سیلی زد. آن دو کنار یکدیگر به راه خود ادامه دادند تا به یک آبادی رسیدند. تصمیم گرفتند قدری آن جا بمانند و کنار آب استراحت کنند. ناگهان شخصی که سیلی خورده بود لغزید و در آب افتاد تا جایی که نزدیک بود غرق شود که دوستش به کمکش شتافت و او را نجات داد. بعد از آن‌که از غرق شدن نجات یافت بر روی صخره‌ای سنگی این جمله را حک کرد: امروز بهترین دوستم جان مرا نجات داد. دوستش با تعجب پرسید: بعد از آن‌که من با سیلی تو را آزردم تو آن جمله را روی شن‌های بیابان نوشتی، ولی حالا این جمله را روی تخته سنگ حک می‌کنی؟ دیگری لبخند زد و گفت: وقتی کسی ما را آزار می‌دهد، باید روی شن‌های صحرا بنویسیم تا بادهای بخشش آن را پاک کنند ولی وقتی کسی محبتی در حق ما می‌کند باید آن را روی سنگ حک کنیم تا هیچ بادی نتواند آن را از یادها ببرد.

به والدین خود احترام بگذارید، قدر دان زحمات آن‌ها باشید و از آن‌ها تشکر کنید.

یک شخص جوان با تحصیلات عالی برای شغل مدیریتی در یک شرکت بزرگ در خواست داد. در اولین مصاحبه پذیرفته شد. رییس شرکت آخرین مصاحبه را انجام داد. رییس شرکت از شرح سوابق متوجه شد که پیشرفت‌های تحصیلی جوان از دبیرستان تا پژوهش‌های پس از لیسانس تماما خوب بوده است و هرگز سالی نبوده که نمره نگرفته باشد. رییس پرسید: آیا هیچ گونه بورس آموزشی در مدرسه کسب کرده اید؟ جوان پاسخ داد: هیچ. رییس پرسید: آیا پدرتان بود که شهریه‌های مدرسه شما را پرداخت کرد؟ جوان پاسخ داد: پدرم فوت کرد زمانی که یک سال داشتم مادرم بود که شهریه‌های مدرسه ام را پرداخت می‌کرد.

رییس پرسید: مادرتان کجا کار می‌کرد؟ جوان پاسخ داد: مادرم به عنوان کارگر رختشوی خانه کار می‌کرد. رییس از جوان در خواست کرد تا دست‌هایش را نشان دهد. جوان دو تا دست خود را که نرم و سالم بود نشان داد. رییس پرسید: آیا قبلا هیچ وقت در شستن رخت‌ها به مادرتان کمک کرده اید؟ جوان پاسخ داد: هرگز، مادرم همیشه از من خواسته که درس بخوانم و کتاب‌های بیشتری مطالعه کنم. به علاوه مادرم می‌تواند سریع تر از من رخت بشوید. رییس گفت: درخواستی دارم. وقتی امروز برگشتید بروید و دست‌های مادرتان را تمیز کنید و سپس فردا صبح پیش من بیایید. جوان احساس کرد که شانس او برای به دست آوردن شغل مدیریتی زیاد است. وقتی که برگشت با خوشحالی از مادرش درخواست کرد تا اجازه دهد دست‌های او را تمیز کند.

مادرش احساس عجیبی می‌کرد، شادی اما همراه با احساس خوب بود. او دست‌هایش را به مرد جوان نشان دهد، جوان دست‌های مادرش را به آرامی تمیز کرد. همان طور که آن کار

را انجام می‌داد اشک‌هایش سرازیر شد. اولین بار بود که او متوجه شد که دست‌های مادرش چروکیده شده، و این که کبودی‌های بسیارزیادی در زیر پوست دست‌هایش است. بعضی کبودی‌ها خیلی دردناک بود که مادرش می‌لرزید وقتی که دست‌هایش با آب تمیز می‌شد. این اولین بار بود که جوان فهمید این دو تا دست هاست که هر روز رخت‌ها را می‌شوید تا او بتواند شهریه مدرسه را پرداخت کند. کبودی‌های دست‌های مادرش قیمتی بود که مادر مجبور بود برای پایان تحصیلاتش، تعالی دانشگاهی و آینده اش پرداخت کند. بعد از اتمام تمیز کردن دست‌های مادرش، جوان همه رخت‌های باقی مانده را برای مادرش یواشکی شست. آن شب مادر و پسر مدت زمان طولانی گفتگو کردند.

صبح روز بعد، جوان به دفتر رییس شرکت رفت. رییس متوجه اشک‌های توی چشم‌های جوان شد. پرسید: آیا می‌توانید به من بگویید دیروز در خانه تان چه کاری انجام داده اید؟ و چه چیزهایی یاد گرفتید؟ جوان پاسخ داد: دست‌های مادرم را تمیز کردم و شستشوی همه باقی مانده رخت‌ها را نیز تمام کردم. رییس پرسید: لطفا احساستان را به من بگویید: جوان گفت:

۱-اکنون می‌دانم که قدر دانی چیست، بدون مادرم من موفق امروز وجود نداشت.

۲-از طریق با هم کارکردن و کمک به مادرم، فقط این که می‌فهمم که چه قدر سخت و دشوار است برای این که یک چیزی انجام شود.

۳-به نتیجه رسیده ام که اهمیت و ارزش روابط خانوادگی را درک کنم.

رییس شرکت گفت: این چیزی است که دنبالش می‌گشتم که مدیرم شود. می‌خواهم کسی را به کار بگیرم که بتواند قدر کمک دیگران را بداند. کسی که زحمات دیگران را برای انجام کارها بفهمد و کسی که پول را به عنوان تنها هدفش در زندگی قرار ندهد. شما استخدام شدید.

در ساحل قلب‌ها این جای پای پدر و مادر است که می‌ماند، و گرنه موج روزگار هر رد پایی را پاک می‌کند. فراموش نکنیم که: انسان‌ها ناگهان شکسته و پیر نمی‌شوند، این ماییم که دیر به دیر نگاهشان می‌کنیم، مبادا روزی بیاید که نباشند چرا که نبودن‌هایی هست که هیچ بودنی جبرانشان نمی‌کند و آدم‌هایی هستند که هرگز تکرار نمی‌شوند، قدرشان را بدانیم.

فلسفه الا کلنگ اثبات بزرگی کسی است که فرو می‌نشیند تا دیگری پرواز را تجربه کند.

بر اساس افکار دیگران تصمیم گیری نکنید.

مردی در کنار جاده دکه‌ای درست کرد و در آن ساندویچ می‌فروخت. چون گوشش سنگین بود رادیو نداشت. چشمش هم ضعیف بود بنابراین روزنامه هم نمی‌خواند. او تابلویی بالای سر خود گذاشته بود و محاسن ساندویچ‌های خود را شرح داده بود. خودش هم کنار دکه اش می‌ایستاد و مردم را به خریدن ساندویچ تشویق می‌کرد و مردم هم می‌خریدند. کارش بالا گرفت او ابزار کارش را زیادتر کرد.

وقتی پسرش از مدرسه نزد او آمد به کمک او پرداخت. سپس کم کم اوضاع عوض شد. پسرش گفت: پدر جان مگر به اخبار رادیو گوش نداده‌ای؟

اگر وضع پولی کشور به همین منوال ادامه پیدا کند کار همه خراب خواهد شد و شاید یک کسادی عمومی به وجود می‌آید. باید خودت را برای این کسادی آماده کنی.

پدر با خود فکر کرد، هر چه باشد پسرش به مدرسه رفته به اخبار رادیو گوش می‌دهد و روزنامه هم می‌خواند، پس حتما آن چه می‌گوید صحیح است.

بنابراین کم‌تر از گذشته نان و گوشت سفارش داده و تابلوی خود را هم پایین آورد و دیگر در کنار دکه خود نمی‌ایستاد و مردم را به خرید ساندویچ دعوت نمی‌کرد.

فروش او ناگهان شدیدا کاهش یافت. او سپس رو به فرزند خود کرد و گفت: پسر جان حق با توست، کسادی عمومی شروع شده است.

«آنتونی رابینز» یک حرف بسیار خوب در این باره زده که جالب بدانید: اندیشه‌های خود را شکل ببخشید در غیر این صورت دیگران اندیشه‌های شما را شکل می‌دهند.

خواسته‌های خود را عملی سازید وگرنه دیگران برای شما برنامه ریزی می‌کنند.

خودت، خودت را بساز! وگرنه دیگران به تو شکل می‌دهند.

قضاوت نکنید.

جوانی با چاقو وارد مسجد شد و گفت: بین شما کسی هست که مسلمان باشد؟ همه با ترس و تعجب به هم نگاه کردند و سکوت در مسجد حکم فرما شد. بالاخره پیر مردی با ریش سفید از جا برخواست و گفت: آری من مسلمانم. جوان به پیر مرد نگاهی کرد و گفت: با من بیا. پیرمرد به دنبال جوان به راه افتاد و با هم چند قدمی از مسجد دور شدند. جوان با اشاره به گله گوسفندان به پیرمرد گفت: که می‌خواهید تمام آن‌ها را قربانی کند و بین فقرا پخش کند و به کمک احتیاج دارد. پیرمرد و جوان مشغول قربانی کردن گوسفندان شدند و پس از مدتی پیر مرد خسته شد و به جوان گفت: که مسجد باز گردد و شخص دیگری را برای کمک با خود بیاورد. جوان با چاقوی خون آلود به مسجد باز گشت و باز پرسید: آیا مسلمان دیگری در بین شما هست؟

افراد حاضر در مسجد گمان کردند جوان پیر مرد را به قتل رسانده. نگاهشان را به پیش نماز مسجد دوختند، پیش نماز رو به جمعیت کرد و گفت: چرا نگاه می‌کنید به عیسی قسم که با چند رکعت نماز خواندن کسی مسلمان نمی‌شود!

ای خدای بزرگ! به من کمک کن تا وقتی می‌خواهم دربارهٔ راه رفتن کسی قضاوت کنم، کمی با کفش‌های او راه بروم.

چند وقت پیش با پدر و مادرم رفته بودیم رستوران که هم آشپزخانه بود هم چند تا میز گذاشته بود برای مشتری ها. افراد زیادی اون جا نبودن. ۳ نفر ما بودیم با یه زن و شوهر جوان و یه پیر زن پیر مرد که نهایتا ۶۰-۷۰سالشون بود. ما غذامون رو سفارش داده بودیم.

که یه جوان نسبتا ۳۵ ساله اومد تو رستوران یه چند دقیقه‌ای گذشته بود که اون جوونه گوشیش زنگ خورد. البته من با این که بهش نزدیک بودم ولی صدای زنگ خوردن گوشیش رو نشنیدم، بگذریم شروع کرد با صدای بلند صحبت کردن و بعد از این که صحبتش تمام شد رو کرد به همه ماها و با خوشحالی گفت: که خدا بعد از ۸ سال یه بچه بهشون داده و همین طور که داشت از خوشحالی ذوق می‌کرد رو کرد به صندوق دار رستوران و گفت: این چند نفر مشتریتون مهمون من هستن. می‌خوام شیرینی بچم رو بهشون بدم به همشون باقالی پلو با ماهیچه بده. خوب ما همه گیمون با تعجب و خوشحالی داشتیم بهش نگاه می‌کردیم که من از روی صندلیم بلند شدم و رفتم طرفش. اول بوسش کردم و بهش تبریک گفتم و بعد بهش گفتم که ما قبلا غذامون رو سفارش دادیم و مزاحم شما نمی‌شویم. اما بالاخره با اصرار زیاد پول غذای ما و اون زن وشوهر جوان و اون پیرزن پیر مرد رو حساب کرد و با غذای خودش که سفارش داده بود رو از رستوران خارج شد. خب این جریان تا این جاش معمولی و زیبا بود اما اون جایی خیلی تعجب کردم که دیشب با دوستانم رفتیم سینماکه توصف برای گرفتن بلیت ایستاده بودیم.

ناگهان با تعجب همون پسر جوان را دیدم که با یه دختر بچه ۴-۵ ساله ایستاده بود، تو صف. از دوستانم جدا شدم و یه جوری که متوجه من نشه نزدیکش شدم و باز هم با تعجب دیدم که دختره داره اون جوان رو بابا خطاب می‌کنه. دیگه داشتم از کنجکاوی می‌مردم. دل زدم به دریا و رفتم و زدم از پشت رو کتفش. به محض این که برگشت من رو شناخت، یه ذره رنگ و روش پریداول با همه سلام و علیک کردیم، بعد من با طعنه بهش گفتم: ماشاا... از ۲-۳ هفته پیش بچتون به دنیا اومد و بزرگم شده همین طور که داشتم صحبت می‌کردم پرید تو حرفم گفت: داداش، اون جریان یه دروغ بود. یه دروغ شیرین که خودم می‌دونم و خدای خودم. دیگه با هزار خواهش و تمنا گفت: اون روز وقتی وارد رستوران شدم دستام کثیف بود و قبل از هر کاری رفتم دستام رو شستم. همین طور که داشتم دستام رو می‌شستم صدای اون پیر مرد و پیر زن رو شنیدم. البته اونا نمی‌تونستن منو ببینن که دارن با خنده با هم صحبت میکنن. پیر زن گفت: کاشکی می‌شد یکم ولخرجی کنی امروز یه باقالی پلو با ماهیچه بخوریم. الان یک سال میشه که ماهیچه نخوردم. پیرمرده در جوابش گفت: ببین اومدی نسازی. قرار شد بریم رستوران و یه سوپ بخوریم و برگردیم خونه. اینم فقط به خاطر این که حوصلت سر رفته بود. من که الان هم بخوام ولخرجی کنم نمی‌تونم به خاطر این که ۱۸ هزار تومان بیشتر تا سر برج برامون نمونده همین طور که داشتن با هم صحبت می‌کردن اون کسی که سفارش غذارو می‌گیره اومد سر میزشون و گفت: چی میل دارین؟ پیرمرده هم بی‌درنگ جواب داد: پسرم ما هر دومون مریضیم. اگه میشه دو تا سوپ با یه دونه از اون نونای داغتون برامون بیار. من تو حال و هوای خودم نبودم. همین طور آب باز بود و داشت آب هدر می‌رفت. تمام بدنم سرد شده بود، احساس کردم دارم می‌میرم. رو کرد به آسمون وگفتم: خدا شکرت. فقط کمکم کن بعد آمدم بیرون یه جوری فیلم بازی کردم که اون پیر زنه بتونه یه باقالی پلو با ماهیچه بخوره، همین. ازش پرسیدم که چرا دیگه پول غذای بقیه رو دادی؟ ماها که دیگه احتیاج نداشتیم؟ گفت: داداشی، پول غذای شما که سهل بود من حاضرم دنیای خودم و بچم رو بدم ولی آبروی یک انسان رو تحقیر نکنم. این رو گفت و رفت. یادم نمی‌یاد که باهاشون خداحافظی کردم یا نه، ولی یادم که چند ساعت روی جدول نشسته بودم و به در ودیوار نگاه می‌کردم و مبهوت بودم. واقعا راسته که خدا از روح خودش تو بدن انسان دمیده.

همیشه سراغ خدا را از خودتان بگیرید.

۲۰

خوشبختی درون توست، آن را جستجو کن.

پادشاهی بیمار شد. گفت: نصف قلمرو پادشاهی ام را به کسی می‌دهم که بتواند معالجه ام کند. تمام آدم‌های دانا دور هم جمع شدند تا ببینند چه طور می‌شود شاه را معالجه کرد. اما هیچ یک ندانست. تنها یکی از مردان دانا گفت: که فکر می‌کند می‌تواند شاه را معالجه کند. اگر یک آدم خوشبخت را پیدا کنید، پیراهنش را بردارید و تن شاه کنید. شاه معالجه می‌شود. شاه پیک‌هایش را برای پیدا کردن یک آدم خوشبخت فرستاد. آن‌ها در سر تاسر مملکت سفر کردند. ولی نتوانستند آدم خوشبختی پیدا کنند حتی یک نفر پیدا نشد که کاملا راضی باشد. آن‌که ثروت داشت بیمار بود، آن‌که سالم بود در فقر دست وپا می‌زد، یا اگر سالم و ثروتمند بود زن و زندگی بدی داشت. یا اگر فرزندی داشت فرزندانش بد بودند. خلاصه هر آدمی چیزی داشت که از آن گله و شکایت کند. آخرهای یک شب، پسر شاه از کنار کلبه‌ای محقر و فقیرانه رد می‌شد که شنید یک نفر دارد چیزهایی می‌گوید.

«شکر خدا که کارم را تمام کرده ام، سیر و پر غذا خورده ام و می‌توانم دراز بکشم و بخوانم! چه چیز دیگری می‌توانم بخواهم؟ پسر شاه خوشحال شد و دستور داد که پیراهن مرد را بگیرند و پیش شاه بیاورند و به مرد هم هر چه قدر بخواهد بدهند. پیک‌ها برای بیرون آوردن پیراهن مرد توی کلبه رفتند. اما مرد خوشبخت آن قدر فقیر بود که پیراهن نداشت.

خوشبختی رسیدن به خواسته‌ها نیست، بلکه لذت بردن از داشته هاست.

به کارتان عشق بورزید و از انجام آن لذت ببرید.

از مترسکی سـوال کـردم: آیـا از تنهـا مانـدن در ایـن مزرعـه بی‌زار نشـده‌ای؟ پاسـخم داد: در ترسانـدن دیگران برای مـن لذتی بـه یاد مانـدنی اسـت. پس مـن از کار خور راضی هسـتم و هرگـز از آن بی‌زار نمی‌شـوم!

اندکی اندیشیدم و سپس گفتم: راست گفتی. من نیز چنین لذتی را تجربه کرده بودم!

گفت: تو اشتباه می‌کنی زیراکسی نمی‌تواند چنین لذتی را ببرد، مگر آن‌که درونش ماننـد مـن باکاه پر شده باشد!

۲۲

عیب جویی نکنید.

انسان‌ها به شـیوه‌ی هندیان بر سطح زمیـن راه می‌روند. با یک سـبد در جلـو و یک سـبد درپشـت و در سـبد جلو صفات نیک خـود را می‌گذاریم.

در سبد پشتی عیب‌های خود را نگه می‌داریم. به همیـن دلیـل در طول روزهای زندگی خود چشـمان خـود را برصفات نیـک خـود می‌دوزیم و فشـارها را در سـینه مـان حبـس می‌کنیم. در همیـن زمان بی‌رحمانه در پشـت سر هم سفرمان که پیش روی ما حرکت می‌کند تمامی عیوب او را می‌بینیم. بدیـن گونـه اسـت کـه دربـاره‌ی خـود بهتـر از او داوری می‌کنیم، بی‌آن‌که بدانیـم کسـی که پشـت سر ما راه می‌رود به ما با همیـن شیوه می‌اندیشد.

خطا کارترین کسان، افرادی هستند که عیب دیگران را می‌بینند.

۲۳

نگرش مثبت داشته باشید.

مردی برای اصلاح سر و صورتش به آرایشگاه رفت. در بین کار گفت و گویی جالب بین آن‌ها در گرفت. آن‌ها در مورد مطالب مختلفی صحبت کردند. وقتی به موضوع خدا رسید، آرایشگر گفت: من باور نمی‌کنم که خدا وجود دارد. مشتری پرسید: چرا باور نمی‌کنی؟

آرایشگر جواب داد: کافیست به خیابان بروی تا ببینی چرا خدا وجود ندارد؟ شما به من بگو اگر خدا وجود داشت این همه مریض می‌شدند؟ بچه‌های بی‌سرپرست پیدا می‌شد؟ اگر خدا وجود داشت درد و رنجی وجود داشت؟

نمی‌توانم خدای مهربانی را تصور کنم که اجازه دهد این همه درد و رنج وجود داشته باشد. مشتری لحظه‌ای فکر کرد اما جوابی نداد چون نمی‌خواست جر وبحث کند. آرایشگر کارش را تمام کرد و مشتری از مغازه بیرون رفت به محض این که از مغازه بیرون آمد مردی را دید با موهای بلند وکثیف و به هم تابیده و ریش اصلاح نکرده. ظاهرش کثیف و به هم ریخته بود. مشتری برگشت و دوباره وارد آرایشگاه شد و به آرایشگر گفت: می‌دونی چیه! به نظر من آرایشگرها هم وجود ندارند.

آرایشگر گفت: چرا چنین حرفی می‌زنی؟ من این جا هستم. من آرایشگرم. همین الان موهای تو را کوتاه کردم. مشتری با اعتراض گفت: نه آرایشگرها وجود ندارند. چون اگر وجود داشتند هیچ کس مثل مردی است که بیرون است با موهای بلند و کثیف و ریش اصلاح نکرده پیدا نمی‌شد.

آرایشگر گفت: نه بابا! آرایشگرها وجود دارند موضوع این است که مردم به ما مراجعه

نمی‌کنند. مشتری تاکید کرد: دقیقا نکته همین است، خدا وجود دارد. فقط مردم به او مراجعه نمی‌کنند و دنبالش نمی‌گردند.

برای همین است که این همه درد ورنج در دنیا وجود دارد.

> **خدایا!**
>
> **رحمت تو همیشه در حال باریدن است، تقصیر خودمان است که کاسه هایمان را بر عکس گرفته ایم.**

۲۴

غرور و تکبر نداشته باشید.

دیروز شیطان را دیدم. در حوالی میدان بساطش را پهن کرده بود، فریب می‌فروخت. مردم دورش جمع شده بودند، هیاهومی کردند و هول می‌زدند و بیشتر می‌خواستند. توی بساطش همه چیز بود، غرور، حرص، دروغ و خیانت، جاه طلبی و...هر کس چیزی می‌خرید و در ازایش چیزی می‌داد. بعضی‌ها تکه‌ای از قلبشان را می‌دادند و بعضی پاره‌ای از روحشان را. بعضی ایمانشان را می‌دادند. و بعضی آزادگی شان را. شیطان می‌خندید و دهانش بوی گند جهنم می‌داد.

حالم را به هم می‌زد. دلم می‌خواست همه تنفرم را توی صورتش تف کنم. انگار ذهنم را می‌خواند. موذیانه خندید و گفت: من کاری با کسی ندارم. فقط گوشه‌ای بساطم را پهن کرده ام و آرام نجوا می‌کنم. نه قیل و قال می‌کنم و نه کسی را مجبور می‌کنم چیزی از من بخرد. می‌بینی!

آدم‌ها خودشان دور من جمع شده اند. جوابش را ندادم. آن وقت سرش را نزدیک‌تر آورد و گفت: البته تو با این‌ها فرق می‌کنی. تو زیرکی و مومن. زیرکی و ایمان آدم را نجات می‌دهد. این‌ها ساده اند و گرسنه. به جای هر چیزی فریب می‌خورند از شیطان بدم می‌آمد. حرف‌هایش اما شیرین بود. گذاشتم که حرف بزند و او هی گفت و گفت و گفت. ساعت‌ها کنار بساطش نشستم تا این که چشمم به جعبه ی عبادت افتاد که لابلای چیزهای دیگر بود. دور از چشم شیطان آن را برداشتم و توی جیبم گذاشتم. با خودم گفتم: بگذار یک بار هم شده کسی، چیزی از

شیطان بدزدد. بگذار یک بار هم او فریب بخورد.

به خانه آمدم و در کوچک جعبه عبادت را باز کردم. توی آن اما جز غرور چیزی نبود. جعبه عبادت از دستم افتاد و غرور توی اتاق ریخت. فریب خورده بودم، فریب. دستم را روی قلبم گذاشتم. نبود. فهمیدم که آن را کنار بساط شیطان جا گذاشتم تمام راه را دویدم. تمام راه لعنتش کردم.

تمام راه خدا خدا می‌کردم. می‌خواستم یقه نامردش را بگیرم. عبادت دروغی‌اش را توی سرش بگویم و قلبم را پس بگیرم. به میدان رسیدم، شیطان اما نبود. آن وقت نشستم و های‌های گریه کردم. اشک‌هایم که تمام شد بلند شدم. بلند شدم تا بی‌دلی‌ام را با خود ببرم که صدایی شنیدم. صدای قلبم را. و همان جا بی‌اختیار به سجده افتادم و زمین را بوسیدم. به شکرانه قلبی که پیدا شده بود.

آدم مغرور مثل کسی است که روی قله‌ای ایستاده و همه را کوچک می‌بیند، اما از این موضوع غافل است که دیگران هم او را کوچک می‌بینند.

۲۵

آرامش در قلب ما است.

پادشاهی جایزه بزرگی برای هنرمندی گذاشت که بتواند به بهترین شکل، آرامش را تصویر کند. نقاشان بسیاری آثار خود را به قصر فرستادند. آن تابلو تصاویری بودند از جنگل به هنگام غروب، رودهای آرام، کودکانی که در خاک می‌دویدند، رنگین کمان در آسمان و قطرات شبنم بر گلبرگ گل سرخ. پادشاه تمام تابلوها را بررسی کرد، اما سرانجام فقط دو اثر را انتخاب کرد. اولی تصویر دریاچه‌ای آرام بود که کوه‌های عظیم و آسمان آبی را در خود منعکس کرده بود. در جای جایش می‌شد ابرهای کوچک وسفید را دید و اگر دقیق نگاه می‌کردند در گوشه‌ی چپ دریاچه، خانه کوچکی قرار داشت. پنجره اش باز بود، دود از دودکش آن بر می‌خاست که نشان می‌داد شام گرم ونرمی آماده است. تصویر دوم هم کوه‌ها را نمایش می‌داد. اما کوه‌ها نا هموار بود. قله‌ها تیز و دندانه‌ای بود. آسمان بالای کوه‌ها به طور بی‌رحمانه‌ای تاریک بود و ابرها آبستن آذرخش تگرگ و باران سیل آسا بود. این تابلو هیچ با تابلوهای دیگری که برای مسابقه فرستاده بودند هماهنگی نداشت. اما وقتی آدم با دقت به تابلو نگاه می‌کرد در بریدگی صخره‌ای شوم، جوجه پرنده‌ای را می‌دید آن جا در میان غرش وحشیانه طوفان، جوجه گنجشکی آرام نشسته بود. پادشاه درباریان را جمع کرد و اعلام کرد که برنده جایزه بهترین تصویر آرامش، تابلو دوم است. بعد توضیح داد: آرامش آن چیزی نیست که در مکانی بی‌سر و صدا، بی‌مشکل، بی‌کار سخت، یافت می‌شود. چیزی است که می‌گذرد در میان شرایط سخت، آرامش در قلب ماست.

آرامش آن است که بدانی در هر گام، دست تو در دست خداست. آرامش نبودن جدال نیست، تجربهٔ حضور خداست.

بی دلیل مهربان باشید.

یک روز بعد ازظهر وقتی «اسمیت» داشت از کار برمی گشت خانه سر راه زن مستی را دید که ماشینش خراب شده و ترسان توی برف ایستاده بود. اون زن برای اون دست تکان داد تا متوقف شود. اسمیت پیاده شد و خودشو معرفی کرد وگفت: من اومدم کمکتون بکنم. زن گفت: صدها ماشین از جلوی من رد شدند ولی کسی نایستاد. این واقعا لطف شماست.

وقتی که او لاستیک رو عوض کرد و درب صندوق عقب رو بست و آماده رفتن شد، زن پرسید چه قدر باید بپردازم؟ و اون زن چنین گفت: شما هیچ بدهی به من ندارید. من هم در چنین شرایطی بوده ام و روزی یک نفر هم به من کمک کرد. همون طور که من به شما کمک کردم، اگر تو واقعا می خواهی که بدهیت رو به من بپردازی، باید این کار رو بکنی. نگذار زنجیر عشق به تو ختم بشه. چند مایل جلوتر زن کافه کوچکی رو دید و رفت تو تا چیزی بخورد و بعد راهشو ادامه بده. ولی نتونست بی توجه از لبخند شیرین زن پیشخدمتی بگذره که می بایست هشت ماهه باردار باشه و از خستگی روی پا بند نبود.

او داستان زندگی پیشخدمت رو نمی دونست و احتمالا هیچ گاه هم نخواهد فهمید. وقتی که پیشخدمت رفت تا بقیه ۱۰۰ دلار رو بیاره، زن از در بیرون رفته بود. در حالی که بر روی دستمال سفره یادداشتی رو باقی گذاشته بود.

وقتی پیشخدمت نوشته زن رو می خوند اشک در چشمانش جمع شده بود. در یادداشت چنین نوشته شده بود: شما هیچ بدهی به من ندارید.

من هم در چنین شرایطی بوده ام یک نفر هم به من کمک کرد همون طور که من به شما کمک کردم. اگر تو واقعا می‌خواهی که بدهی‌ات رو به من بپردازی باید این کار رو بکنی «نگذار زنجیر عشق به تو ختم بشه» همان شب وقتی زن پیشخدمت از سر کار به خونه رفت در حالی که به اون پول و یادداشت زن فکر می‌کرد. به شوهرش گفت: اسمیت همه چیز داره درست میشه !

هیچ مهربانی هر اندازه هم کوچک باشد، هرگز هدر نمی‌رود.

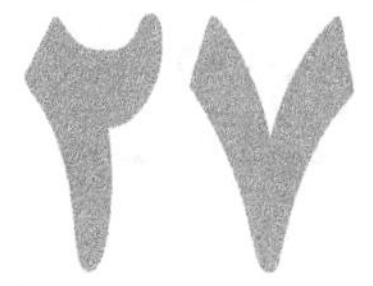

ساده زیست باشید.

روزی از روزها پدری از یک خانواده ی ثروتمند پسرش را به مناطق روستایی برد تا او دریابد مردم تنگدست چگونه زندگی می‌کنند آنان دو روز و دو شب را در مزرعه ی خانواده‌ای بسیار فقیر سر کردند و سپس به سوی شهر بازگشتند.

در نیمه‌های راه پدر از فرزند پرسید: خب پسرم، به من بگو سفر چگونه گذشت؟ خیلی خوب بود پدر. پسرم آیا دیدی مردم فقیر چگونه زندگی می‌کنند؟

بله پدر دیدم. بگو ببینم از این سفر چه آموختی؟ من دیدم که: ما در خانه ی خود یک سگ داریم و آنان ۴ سگ داشتند. ما استخری داریم که تا نیمه‌های باغمان طول دارد و آنان برکه‌ای دارند که پایانی ندارد. ما فانوس‌های باغمان را از خارج وارد کرده ایم اما فانوس‌های آنان ستارگان آسمانند، ایوان ما تا حیاط جلوی خانه مان ادامه دارد، اما ایوان آن‌ها تا افق گسترده است.

ما قطعه زمین کوچکی داریم که در آن زندگی می‌کنیم، اما آن‌ها کشتزارهایی دارند که انتهای آنان دیده نمی‌شود.

ما پیشخدمت‌هایی داریم که به ما خدمت می‌کنند، اما آن‌ها خود به دیگران خدمت می‌کنند. ما غذای مصرفی مان را خریداری می‌کنیم، اما آن‌ها غذایشان را خود تولید می‌کنند.

ما در اطراف ملک خود دیوارهایی داریم تا ما را محافظت کنند اما آنان دوستانی دارند تا

آن‌ها را محافظت کنند. آن پسرهم چنان سخن می‌گفت و پدر سکوت کرده بود و سخنی برای گفتن نداشت. پسر سپس افزود: متشکرم پدر که نشان دادی ما چه قدر فقیر هستیم!

ثروتمندترین انسان‌ها کسانی هستند که لذایذشان ارزان‌ترین باشد، ثروتمند کسی نیست که بیشترین‌ها را دارد کسی است که به کم ترین‌ها نیاز دارد. اگر می‌خواهید با حس خوبی زندگی کنید، مدام نعمت‌های موجود در زندگی تان را بشمارید.

بنویسید.

این ماجرای واقعی در مورد شخصی به نام نظر علی طالقانی است. که در زمان ناصرالدین شاه طلبه‌ای در مدرسه مروی تهران بود و از آن طلبه‌های فقیر بود. آن قدر فقیر بود که شب‌ها می‌رفت دور و بر حجره‌های طلبه‌ها می‌گشت و از توی باقی مانده غذاهای آن‌ها چیزی برای خوردن پیدا می‌کرد. یک روز نظر علی در ذهنش می‌رسد که برای خدا نامه‌ای بنویسد

نامه‌ی وی در موزه‌ی گلستان تهران تحت عنوان «نامه‌ای به خدا» نگهداری می‌شود. مضمون این نامه: بسم ا...الرحمن الرحیم

خدمت جناب خدا

سلام علیکم

اینجانب بنده‌ی شما هستم. از آن‌جا که شما در قرآن فرموده اید: هیچ موجود زنده‌ای نیست الا آن‌که روزی آن بر عهده‌ی من است من هم جنبنده‌ای هستم از جنبندگان شما روی زمین.

در جایی از قرآن فرموده اید: مسلما خدا خلف وعده نمی‌کند، بنابراین اینجانب به چیزهای زیر نیاز دارم. همسری زیبا و متین، یک خانه وسیع، یک مستخدم، یک کالسکه و سورچی، یک باغ مقداری پول جهت تجارت. لطفا بعد از هماهنگی به من اطلاع دهید.

مدرسه مروی، حجره ۱۶، نظر علی طالقانی نظر علی بعد از نوشتن نامه با خودش فکر کرد که نامه را کجا بگذارم؟

می‌گوید: مسجد خانه‌ی خداست. پس بهتره بگذارمش توی مسجد. می‌رود به مسجد امام در بازار تهران (مسجد شاه آن زمان) نامه را در مسجد در یک سوراخ قایم میکنه و با خودش میگه: حتما خدا پیداش میکنه!

او نامه را ۵شنبه در مسجد می‌ذاره. صبح جمعه ناصر الدین شاه با درباری‌ها می‌خواسته به شکار بره. کاروان او از جلوی مسجد می‌گذشته از آن جا که به قول پروین اعتصامی «نقش هستی نقشی از ایوان ماست آب و باد و خاک سرگردان ماست»

ناگهان به اذن خدا یک باد تندی شروع به وزیدن می‌کنه. نامه‌ی نظر علی را روی پای ناصرالدین شاه می‌اندازه.

ناصرالدین شاه نامه را می‌خواند و دستور می‌دهد که کاروان به کاخ برگردد. او یک پیک به مدرسه‌ی مروی می‌فرستد و نظر علی را به کاخ آوردند دستور می‌دهد همه وزیرانش جمع شوند و می‌گوید: نامه‌ای که برای خدا نوشته بودند

ایشان به ما حواله فرمودند. پس ما باید انجامش دهیم و دستور می‌دهد همه‌ی خواسته‌های نظر علی یک به یک اجرا شود.

کارهایی را که نباید در زندگی بکنی بنویس، به بیان دیگر تصمیم‌های حساب شده‌ای بگیر تا برخی چیزها را کلا نادیده بگیری و وقتی شرایطش پیش آمد طبق لیست نبایدها یت رفتار کنی.

به خدا توکل کنید.

شاه بن شجاع کرمانی یکی از شاهزادگان به نام کرمان بود که بنا به دلایلی شاهزادگی را رها می‌کند و خرقه دراویش در می‌آید. آمده است شاه دختری داشت که شاهزادگان تمایل فراوانی برای ازدواج با او داشته اند. شاه بن شجاع روزی به مسجد می‌رود به دنبال جوانی

با ایمان که به ازدواج با دختر خود در بیاورد. در مسجد جوان ژنده پوشی را می‌بیند که نماز خوب می‌خواند و به ظاهر با ایمان است.

از او می‌پرسدای جوان ازدواج کردی؟ و جوان پاسخ می‌دهد با وضع مالی که من دارم، کسی به من زن نمی‌دهد. شاه می‌گوید: من به تو دختر می‌دهم. می‌گوید: چه داری و جوان می‌گوید سه درهم دارم. شاه می‌گوید: یک درهم به خرید لباس، یک درهم به خرید وسایل و درهمی به خرید.... اختصاص بده. جوان نیز چنین می‌کند. پس از آن‌که جوان دختر شاه را به خانه می‌آورد

دختر به اطراف خانه نگاهی می‌اندازد مشاهده می‌کند کوزه آبی، فرشی کهنه و تکه نانی خشک. از جوان سوال می‌کند آن نان چیست؟

جوان می‌گوید: آن نان دیشب است که خورده ام و سهمی را برای امروز کنار گذاشته ام. دختر شاه می‌گوید: من نمی‌توانم با تو زندگی کنم. پسر جوان عنوان می‌دارد من می‌دانستم دختر شاه نمی‌تواند در این کلبه من روزگار به سر کند.

دختر می‌گوید: ترک من به خاطر فقر تو نیست، بلکه به خاطر ضعف ایمان تو است.

تو نانی را از دیشب در خانه نگه داشته‌ای که مبادا فردا اگر گرسنه بمانی در حالی که می‌دانی خدا فردا روزی تو را خواهد داد. تو در توکل به خدا ضعف داری.

ساحل دلت رو به خدا بسپار، خودش قشنگ‌ترین قایق رو برات می‌فرسته!

هرگاه خدا تو را به لبهٔ پرتگاه برد به او اعتماد کن، زیرا یا تو را بر پشت می‌گیرد یا به تو پرواز کردن را خواهد آموخت.

گله مند و شاکی نباشید و غر نزنید.

لاک پشتش سنگین بود و جاده‌های دنیا طولانی. می‌دانست که همیشه جز اندکی از بسیار را نخواهد رفت.

آهسته آهسته می‌خزید، دشوار و کند و دورها همیشه دور بود. سنگ پشت تقدیرش را دوست نمی‌داشت و آن را چون اجباری بر دوش می‌کشید. پرنده‌ای در آسمان پر زد، سبک. و سنگ پشت رو به خدا کرد و گفت: این عدل نیست کاش پشتم را این همه سنگین نمی‌کردی!

من هیچ گاه نمی‌رسم. هیچ گاه و در لاک سنگی خود خزید. به نیت نا امیدی. خدا سنگ پشت را از روی زمین بلند کرد. زمین را نشانش داد، کره‌ای کوچک بود. وگفت: نگاه کن، ابتدا و انتها ندارد، هیچ کس نمی‌رسد. چون رسیدنی در کار نیست. فقط رفتن است، حتی اگر اندکی و هر بار که می‌روی، رسیده ای. و باور کن آن چه بر دوش توست، تنها لاکی سنگی نیست.

بلکه تو پاره‌ای از هستی را بر دوش می‌کشی. پاره‌ای از مرا. خدا سنگ پشت را بر زمین گذاشت. دیگر نه بارش چندان سنگین بود و نه راه‌ها چندان دور. سنگ پشت به راه افتاد و گفت: رفتن، حتی اگر اندکی و پاره‌ای از (او) را با عشق بر دوش کشید.

تمام سوء تفاهم‌ها ناشی از زبان است، قبل از صحبت کردن، خوب فکر کنید.

می‌گویند حدود ۷۰۰ سال پیش در اصفهان، مسجدی ساختند. روز قبل از افتتاح مسجد، کارگرها و معماران جمع شده بودند و آخرین خرده کاری‌ها را انجام می‌دادند. پیرزنی از آن جا رد می‌شد، وقتی مسجد را دید به یکی از کارگران گفت: فکر کنم یکی از مناره‌ها کمی کجه! کارگرها خندیدند، اما معمار که این حرف را شنید سریع جواب داد که: چوب بیاورید! کارگر بیاورید! چوب را به مناره تکیه بدهید. فشار بدهید. فشششاارر...و مدام از پیرزن می‌پرسید، مادر درست شد؟ مدتی طول کشید تا پیرزن گفت: بله درست شد!

تشکر کرد و دعایی کرد و رفت. کارگرها حکمت این کار بیهوده و فشار دادن مناره را پرسیدند.

معمار گفت: اگر این پیرزن راجع به کج بودن این مناره با دیگران صحبت می‌کرد و شایعه پا می‌گرفت.

این مناره تا ابد کج می‌ماند و دیگر نمی‌توانستیم اثرات منفی این شایعه را پاک کنیم. این است که من گفتم در همین ابتدا جلوی آن را بگیرم.

خلاقیت و نو آوری داشته باشید.

مرد پیرشده بود. دیگر نمی‌توانست گیتار بزند. و سکوتی ابدی بر خانه اش حکم می‌راند.

باید کاری می‌کرد، پس از ساعتی فکر گیتارش را برد در حیاط گذاشت و دور و بر آن خرده نان ریخت. پس از چند روز، درست وقتی که داشت جان می‌داد، سکوت خانه اش شکسته شد و او با خوشحالی چشم‌هایش را بست. پرنده‌ای آمد، در گیتارش لانه کرده بود.

نو آوری ناشی از «نه» گفتن به هزار چیز است.

# ۳۳

مشورت کنید.

خدا بیامرزد رفتگان همه را، مرحوم پدر بزرگم بر خلاف داشتن سواد اکابری داستان‌های زیادی بلد بود. یکی از داستان‌هایی که برایمان تعریف می‌کرد داستان سه گاو بود که....

در یک چمن زار سبز و خرم سه گاو کنار یکدیگر زندگی می‌کردند سیاه و سفید و قهوه ای، سه دوست، سه یارسه برادر، سال‌ها این سه گاو با هم بودند. روزها در چمن زار می چرخیدند و شب‌ها پشت به پشت هم داده و می خوابیدند و چون با هم و کنار هم بودند هیچ درنده‌ای جرات نزدیک شدن به آن‌ها را نداشت. در جنگل کنار بیشه شیری بود و البته روباهی! روزی از روزها روباه که مدت‌ها بود شکاری نصیبش نشده بود نزدیک شیر رفت و پس از کلی تملق گویی پرسید: جناب شیر یک تکه گوشت سر سفره مبارکتان یافت می‌شود؟ شیر آهی کشید و گفت: ای روباه شکار کجا بود، به جان تو نباشد به جان گرگ یک هفته است چیزی نخوردم! روباهه میگه: قربان شما دیگه چرا؟ همین پایین پایتون سه تاگاو چاق و چله هستند. خب بفرمایید اونا رو شکار کنید. شیر آهی از ته دل میکشه و میگه: مگر نمی‌بینی چه طور با هم و کنار همند؟ اصلا نمیشه بهشون نزدیک شد. روباه میگه."

قربان اگر من از هم جداشون کنم میتونید تک تک شکارشون کنید. شیر: معلومه که می‌تونیم ولی چه طور میشه از هم جداشون کرد؟ فردا روباه با سر و روی خونین میره پیش گاوها و شروع میکنه به گریه و زاری که به دادم برسید. بیچاره شدم از دست شیر. یک عمر خدمتشو کردم حالا ببینید چه بر سر من آورده!

به قصد کشتن کتکم زده. خلاصه این روباه آن قدر گریه و زاری کرد تا دل مهربان گاوها به رحم

آمد و از روباه خواستند تا در کنار آن‌ها زندگی کند. روباه اول نمی‌پذیرفت که مزاحم آن حیوانات بزرگوار شود ولی نهایتا پذیرفت. پس از چند روز، روباه آمد پیش گاو سیاه و قهوه‌ای و شروع کرد به در گوشی صحبت کردن که: گاو جان ببین بین خودمان بماند ولی زمانی که خدمت شیر بودم چند بار به گوش خودم شنیدم که شیر می‌گفت شب‌ها در دشت لکه سفیدی می‌بیند که احتمالا حیوانی علف خوار است و به زودی با دوستانش برای شکار آن خواهد رفت. گاو سیاه که ترسیده بود گفت: حالا باید چه کنیم؟ روباه گفت: اگر موافق باشید من گاو سفید را به جایی می‌برم که هم برای خودش امن باشد هم در معرض دید شیر نباشد. گاوها اول قبول نکردند ولی روباه آن قدر گفت تا بالا خره هر دو گاو پذیرفتند مشروط بر این که روباه امنیت دوستشان را تضمین کند. و البته روباه مهربان با دل و جان پذیرفت.

روز بعد روباه نزد گاو سفید رفت و از او خواست با هم سری به خانه پسر عمویش در آن سوی بیشه بزنند. ساعتی بعد از گاو سفید تنها استخوان‌ها و شاخ‌هایش باقی مانده بود. دو روز بعد روباه که نزد گاوها برگشت سلام‌های گرم گاو سفید را به آن‌ها رساند و گفت: گاو سفید آن قدر از خانه پسر عمویش خوشش آمد که تصمیم گرفته همان جا بماند. دو هفته بعد روباه به گاو قهوه‌ای گفت: که از طریق دوستانش شنیده که پلنگ و دوستانش هنگام گشت و تفریح در دشت لکه سیاهی دیده اند.... فردا گاو سیاه هم سرنوشتی مانند گاو سفید پیدا کرده بود.

دو هفته بعد روباه مهربان رفت پیش گاو و به او گفت: اگر موافقی امروز با هم برویم خانه پسر عمویم و سری به دوستانمان بزنیم.

گاو قهوه‌ای که در این مدت دلش برای دوستانش تنگ شده بود و تازه ارزش با هم بودن را درک می‌کرد و البته روباه هم شک کرده بود گفت: نه من با تو نمی‌آیم اصلا معلوم نیست چه بر سر دوستانم آورده‌ای؟ چرا هیچ خبری از آن‌ها نیست؟

روباه خندید و گفت: ای گاو احمق خوب فهمیدی ولی خیلی دیر! بله آن‌ها شکار شیر شدند و امروز نوبت تواست و اگر خودت نیایی شیر تا چند دقیقه دیگر چون تو دیگر تنهایی و گاو قهوه‌ای هم....

۳۴

افکار ما، زندگیمان را تغییر می‌دهند.

مردی تخم عقابی پیدا کرد و آن را در لانه مرغی گذاشت. عقاب با بقیه جوجه‌ها از تخم بیرون آمد و با آن‌ها بزرگ شد. در تمام زندگی اش همان کارهایی را انجام می‌داد که مرغ‌ها می‌کردند.

سال‌ها گذشت و عقاب پیر شد. روزی پرنده با عظمتی را بالای سرش برفراز آسمان دید.

عقاب پیر نگاهی بهت زده کرد و از همسایه اش پرسید: این کیست؟

همسایه پاسخ داد: «سلطان پرندگان عقاب»

عقاب بیچاره عمری مثل مرغ زندگی کرد و مثل مرغ مرد. زیرا فکر می‌کرد یک مرغ است.

(برگرفته از کتاب داستانک‌ها)

جسم اون چیزی رو به دست می‌یاره که ذهن باورش داشته باشه، هر آن چه را در ذهن خود مجسم کنی آن را به دست خواهی آورد.

با شخصیت باشید.

مردی نا بینا زیر درختی نشسته بود! پادشاهی نزد او آمد، ادای احترام کرد و گفت : قربان، از چه راهی می توان به پایتخت رفت؟

پس از او نخست وزیر همان پادشاه نزد مرد نابینا آمد و بدون ادای احترام گفت : آقا، راهی که به پایتخت می رود کدام است؟

سپس مردی عادی نزد نا بینا آمد، ضربه ای به سر او زد و پرسید : احمق، راهی که به پایتخت می رود کدامست؟ هنگامی که همه آن ها مرد نابینا را ترک کردند، او شروع به خندیدن کرد .

مرد دیگری که کنار نا بینا نشسته بود از او پرسید:

به چه می خندی؟ نابینا پاسخ داد : اولین مردی که از من سوال کرد، پادشاه بود . مرد دوم نخست وزیر بود و مرد سوم فقط یک نگهبان ساده بود . مرد با تعجب از نا بینا پرسید : چگونه متوجه شدی؟ مگر تو نابینا نیستی؟

نابینا پاسخ داد : فرق است میان آن ها ...پادشاه از بزرگی خود اطمینان داشت و به همین دلیل ادای احترام کرد... ولی نگهبان به قدری از حقارت خود رنج می برد که حتی مرا کتک زد، طرز رفتار هر کس نشانهٔ شخصیت اوست .....!

شخصیت انسان ها را از روی کردارشان توصیف کنید، تا هرگز فریب گفتارشان را نخورید.

سکوت کنید.

زاهدی گوید جواب ۴ نفر مرا سخت تکان داد. اول مرد فاسدی از کنار من گذشت و من گوشه لباسم را جمع کردم تا به او نخورد. او گفت‌ای شیخ خدا می‌داند که فردا حال ما چه خواهد بود؟

دوم، مستی دیدم که افتان و خیزان راه می‌رفت به او گفتم قدم ثابت بردار تا نیفتی. گفت: تو با این همه ادعا قدم ثابت کرده‌ای؟

سوم، کودکی دیدم که چراغی در دست داشت گفتم این روشنایی را از کجا آورده‌ای؟ کودک چراغ را فوت کرد و آن را خاموش ساخت و گفت: تو که شیخ شهری بگو این روشنایی کجا رفت؟

چهارم، زنی بسیار زیبا که در حال خشم از شوهرش شکایت می‌کرد. گفتم: اول رویت را بپوشان بعد با من حرف بزن.

گفت: من که غرق خواهش دنیا هستم چنان از خود بی‌خود شده‌ام که از خود خبرم نیست تو چگونه غرق محبت خالقی که از نگاهی بیم داری؟

از نشانه‌های فقه و فهم، بردباری و خاموشی است.

ایده پرداز باشید.

روزی مرد کوری روی پله‌های ساختمانی نشسته بود و کلاه و تابلویی را در کنار پایش قرار داده بود. روی تابلو خوانده می‌شد: «من کور هستم لطفا کمک کنید.»

روزنامه نگار خلاقی از کنار او می‌گذشت. نگاهی به او انداخت: فقط چند سکه در داخل کلاه بود. او چند سکه داخل کلاه انداخت و بدون این که از مرد کور اجازه بگیرد تابلوی او را برداشت. آن را برگرداند و اعلان دیگری روی آن نوشت و تابلو را کنار پای او گذاشت و آن جا را ترک کرد. عصر آن روز، روزنامه نگار به آن محل برگشت و متوجه شد که کلاه مرد کور پر از سکه و اسکناس شده است. مرد کور از صدای قدم‌های او خبرنگار را شناخت و از او پرسید که بر روی تابلو چه نوشته است؟ روزنامه نگار جواب داد: چیز خاص و مهمی نبود، من فقط نوشته شما را به شکل دیگری نوشتم و لبخندی زد و به راه خود ادامه داد. مرد کور هیچ وقت ندانست که او چه نوشته است ولی روی تابلو خوانده می‌شد: امروز بهار است ولی من نمی‌توانم آن را ببینم.

بدان هر ایده‌ای که در ضمیر ناخود آگاهت بکاری و با احساساتت تغذیه اش کنی و ادامه بدهی، یه روز به واقعیت زندگی ات تبدیل میشه!

تاثیرگذار باشید.

آموزگاری تصمیم گرفت از دانش آموزان کلاسش به شیوه جالبی قدردانی کند. او دانش آموزان را یکی یکی به جلوی کلاس می‌آورد وچگونگی اثر گذاری آنها بر خودش را برایشان بازگو کرد.آن گاه به سینه هر یک از آنان، روبانی آبی رنگ زد که روی آن با حروف طلایی نوشته شده بود: (من آدم تاثیر گذاری هستم.) سپس آموزگار تصمیم گرفت پروژه‌ای برای کلاس تعریف کند تا ببیند این کار از لحاظ پذیرش اجتماعی، چه اثری خواهد داشت؟ آموزگار به هر دانش آموز سه ربان آبی اضافی داد و از آن‌ها خواست در بیرون از مدرسه همین مراسم قدردانی راگسترش داده و نتایج کار را دنبال کنند وببینند چه کسی از چه کسی قدردانی می‌کند و پس از یک هفته، گزارش کارشان را به کلاس ارایه نمایند. یکی از بچه‌ها به سراغ مدیر جوان شرکتی که در نزدیکی مدرسه بود رفت و از او به خاطر کمکی که در برنامه ریزی شغلی به وی کرده بود قدردانی کرد. یکی از روبان‌های آبی را به پیراهن او زد و دو روبان دیگر را به او داد و گفت: (ما در حال انجام یک پروژه هستیم و از شما خواهش می‌کنم از اتاق بیرون بروید، کسی را پیدا کنید و از او با نصب روبان آبی به سینه اش قدر دانی کنید. مدیر جوان چند ساعت بعد به دفتر رییسش که به بد رفتاری با کارمندان زیردستش شهرت داشت رفت و به او گفت صمیمانه او را به خاطر نبوغ کاری اش تحسین می‌کند.رییس ابتدا خیلی متعجب شد آن گاه مدیر جوان از او اجازه گرفت یکی از روبا ن‌های آبی را روی سینه اش بچسباند. رییس گفت: (البته که می‌پذیرم) مدیر جوان یکی از روبان‌ها ی آبی را روی یقه کت رییسش درست بالای قلب او چسباند و سپس آخرین روبان را به او داد و گفت: لطفا این روبان اضافی را بگیرید و به همین ترتیب از فرد دیگری قدردانی کنید. مدیر جوان به رییسش گفت: پسر جوانی که این روبان آبی را به من هدیه کرد، توضیح می‌داد

در حال انجام یک پروژه درسی هستند و می‌خواهند این مراسم روبان زنی را گسترش دهند و ببینندچه اثری روی مردم می‌گذارد؟ آن شب رییس شرکت به خانه آمد.کنار پسر ۱۴ساله اش نشست و به او گفت: امروز یک اتفاق باور نکردنی برای من افتاد. من در دفترم بودم که یکی از کارمندانم وارد شد وبه من گفت مرا تحسین می‌کند و به خاطر نبوغ کاری ام روبانی آبی به من داد.می توانی تصور کنی؟ او فکر می‌کند که من یک نابغه هستم. او سپس این روبان آبی را به سینه ام چسباند که رویش نوشته شده: من آدم تاثیر گذاری هستم. او سپس ادامه داد: همکارم به من یک روبان اضافی هم داد و از من خواست به وسیله آن از کس دیگری قدردانی کنم. هنگامی که داشتم به سمت خانه می‌آمدم به این فکر می‌کردم که این روبان را به چه کسی بدهم؟ و به فکر تو افتادم. من می‌خواهم از تو قدر دانی کنم. مشغله کاری من بسیار زیاد است ووقتی شب‌ها به خانه می‌آیم، توجه زیادی به تو نمی‌کنم. من به خاطر نمرات درسی ات که زیاد خوب نیستند و به خاطر اتاق خوابت که همیشه نا مرتب و کثیف است، سر تو فریاد می‌کشم. اما امشب می‌خواهم کنارت بنشینم و به تو بگویم چه قدر برایم عزیزی و می‌خواهم بدانی تو در زندگی من تاثیر گذار بوده ای. تو در کنار مادرت، مهم‌ترین افراد در زندگی من هستید. تو فرزند خیلی خوبی هستی و من دوستت دارم. آن گاه روبان آبی را به پسرش داد. پسر که کاملا شگفت زده شده بود به گریه افتاد.نمی توانست جلوی گریه اش را بگیرد. تمام بدنش می‌لرزید. او به پدرش نگاه کرد و با صدای لرزان گفت: پدر امشب قبل از این که به خانه بیایی من در اتاقم نشسته بودم و نامه‌ای برای تو و مامان نوشتم و برایتان توضیح دادم که چرا به زندگی ام خاتمه دادم و از شما خواستم مرا ببخشید. من می‌خواستم امشب پس از آن که شما خوابیدید، خود کشی کنم. من اصلا فکر نمی‌کردم وجود من برایتان اهمیتی داشته باشد! فرداکه رییس به اداره آمد، آدم دیگری شده بود. او دیگر سر کارمندان غر نمی‌زد و طوری رفتار می‌کرد که همه کارمندان بفهمند چه قدر بر روی او تاثیر گذار بوده اند. مدیر جوان به بسیاری از نوجوانان دیگر در برنامه ریزی شغلی کمک کرد. یکی از آن‌ها پسر رییسش بود و همیشه به آن‌ها می‌گفت: که آن‌ها در زندگی او تاثیر گذار بوده اند. بچه‌های کلاس آن سال درس با ارزشی آموختند، آن‌ها یاد گرفتند انسان در هر شرایط ووضعیتی می‌تواند تاثیر گذار باشد.

آدم سالم، با مجموعه رفتارهایش به شما احساسی رو میده که در حقیقت شما خودت رو مثبت‌تر و بهتر از آن چه که هستی ببینی، این آدم‌ها را در گوشه‌ای از زندگیتان حفظ کنید.

عداوت نداشته باشید.

«جنگ و صلح»

۲۴ سپتامبر ۱۹۱۴ بود. ارتش‌های آلمان، بریتانیاوفرانسه در جریان جنگ جهانی اول در بلژیک با هم می‌جنگیدند با این حال آن‌ها شب کریسمس جنگ را تعطیل کردند تا دست کم برای چند ساعت کریسمس را جشن بگیرند.

در ارتش آلمان یکی از سربازان که سابقه خواندن در اپرا را داشت شروع به خواندن ترانه کریسمس مبارک کرد صدای خواننده آلمانی را سربازان جبهه‌های دیگر شنیدند و با پرچم‌های سفید به نشانه صلح از خاکریز بالا آمدند و به سوی ارتش آلمان به راه افتادند.

آن شب سربازان سه ارتش، در کنار هم شام خوردند و کریسمس را جشن گرفتند انگار نه انگار که جنگی در کار است. ودشمنی قصد خاک شان را کرده.

سه فرمانده با هم توافق کردند که از روز بعد صلح شکسته شود و جنگ دوباره از سر گرفته شود. صبح روز بعد اما دست و دل سربازان به جنگ نرفت.

شب قبل آن قدر با دشمن خود رفیق شده بودند که حالا نمی‌توانستند به روی دوستان کریسمسی شان آتش بیفروزند. آنها از پشت خاکریز برای هم دست تکان می‌دادند.

چند ساعت که گذشت باز پرچم‌های سفید بالا رفت و پس از گفتگوی نماینده ارتش‌ها با هم تصمیم گرفته شد برای سرگرم شدن یک مسابقه فوتبال ترتیب دهند.

آن‌ها آنقدر رفیق شده بودند که با هم عکس یادگاری گرفتند و آدرس خانه‌های شان را به

همدیگر دادند تا پس از پایان جنگ به کشور هم سفر کنند و دوباره یکدیگر را ببینند.

کار به جایی رسید که سه ارتش به هم پناه می‌دهند و جنگ را نیمه کاره می‌گذارند. تنها چیزی که باعث لو رفتن قضیه می‌شود. متن نامه‌هایی بود که سربازان برای خانواده‌های شان فرستاده بودند و به آن‌ها اطمینان می‌دادند که این جا از جنگ خبری نیست و در صلح و صفا مشغول گذراندن دوره جنگی شان هستند.

سال‌ها بعد «کریس دی برگ» متن یکی از نامه‌های سربازان را در یک حراجی به قیمت ۱۵ هزار یورو خرید.

«پل مک کارتنی» هم در یکی از کارهایش به این اتفاق ادای احترام کرد. سال ۲۰۰۵ «کریستین کاریون» با استناد به مدارک همین اتفاق فیلمی به نام «کریسمس مبارک» ساخت که اسکار بهترین فیلم خارجی را گرفت.

> **دشمنی یک نفر را به عشق هزار نفر نخر، چرا که به گفتهٔ ابو سعید ابوالخیر: آتش چنان بسوزد فتیله را، که عداوت بسوزد قبیله را!**

عادت‌های خوب در خود ایجاد کنید.

مـردی بیابان گـرد خدمـت رسـول اکـرم (ص) شـرف یـاب شـد و عـرض کـرد مـرا بـه کارهایی راهنمایی کن که از بهشت بهره مند شوم. حضرت فرمودند: گرسنه را سیر کن. تشنه را آب بده. برهنه را بپوشان. امر به معروف و نهی از منکر کن و اگر نتوانستی ایـن کارها را انجام بدهی زبانت را کنترل کن که جز به خیر حرکت نکند. در این صورت بر شیطان پیروز خواهی شد. و هر کسی بر شیطان پیروز شود جایش بهشت خواهد بود.

امام حسین (ع) : چیزی را بر زبان نیاورید که از ارزش شما بکاهد.

قوی باشید و از مشکلات نترسید.

روزی پدر و پسری به سفر رفتند، پسر در آن سفر مشاهده کرد که مرجان‌های وسط دریا آن جایی که آب آرام است، عمدتا رنگ باخته و فاقد حیات به نظر می‌رسند. اما مرجان‌های نقاط نا آرام دریا جایی که جزر و مد آن‌ها را به این طرف و آن طرف می‌برد، درخشان و شفاف اند. علت را از پدر خود جویا شد. پدر پاسخ داد: مساله خیلی ساده‌ای است. مرجان‌های محل‌های آرام در گیر هیچ نوع مبارزه در زندگی نبوده اند، در حالی که مرجان‌هایی که در معرض کشاکش دریا هستند، رشد و جلای بهتری پیدا می‌کنند. حکایت ما و مشکلات زندگی هم همین است، پسرم!

از سختی‌ها نترس، سختی آدم را سرسخت می‌کند. میخ‌هایی در دیوار محکم‌تر هستند که ضربات سخت تری را تحمل کرده باشند.

از توفان که خارج شدی همان آدمی نیستی که پا به توفان گذاشتی، کاربرد مشکلات هم همین است: رشد و تکامل آدم.

۴۲

پشتکار داشته باشید.

محمود غزنوی از جایی می‌گذشت، دید فردی خاک غربال می‌کند یک جواهر گران قیمت را وسط خاک پرت کرد و رفت. وقتی برگشت دید آن فرد هنوز خاک‌ها را غربال می‌کند. به فرد گفت: شنیدم جواهری گران بها از وسط خاک‌ها یافته‌ای؟

آن جواهر تو را بس و کافی است. مرد گفت: ای محمود آن جواهر را با طلب و جستجو به دست آوردم و حالا تا عمر دارم در حالت طلب و جستجو هستم.

از تمبر یاد بگیر تا رسیدن به مقصد به نامه می‌چسبد. به خاطر بسپار پشتکار تنها مرز بین شکست و کام یابی است.

یادگیری مادام العمر داشته باشید.

پیش از آن‌که سقراط را محاکمه کنند از وی پرسیدند: بزرگ‌ترین آرزویی که در دل داری چیست؟

سقراط در پاسخ گفت: بزرگ‌ترین آرزوی من این است که به بالاترین نقطه آتن بروم و با صدای بلند به مردم بگویم: ای مردم، چرا با این حرص و ولع بهترین و عزیزترین سال‌های زندگی خود را به جمع کردن ثروت و پول و طلا می‌گذرانید در حالی که آن گونه که باید و شاید در تعلیم و تربیت اطفالتان که مجبور خواهید شد ثروت خود را برای آن‌ها باقی بگذارید، همت نمی‌گمارید؟

فقر همیشه شب را بی‌غذا سر کردن نیست، فقر روز را بی‌اندیشیدن سر کردن است.

آستانه تحملتان را بالا ببرید.

در زمان بهلول بچه‌های گذرگاه و محله همیشه به طرق مختلف او را اذیت می‌کردند. یک روز مردی به بهلول گفت: چرا از دست این بچه‌ها به پدرانشان شکایت نمی‌کنی؟ یا هرگز از آن‌ها فرار نمی‌کنی؟ بهلول در جواب گفت: ساکت باش شاید پس از درگذشت من این بچه‌ها به یاد این روزها و این تفریح‌ها دل خوشی باشند و بگویند خدا بیامرزد این دیوانه را.

سنگی که طاقت ضربه‌های تیشه را ندارد تندیس زیبا نخواهد شد، از زخم تیشه خسته نشو که وجودت شایسته تندیس است.

۴۵

مراعات حال دیگران را بکنید.

یک روز سلمان فارسی را دیدند که آستین‌ها را بالا زده و مشغول درست کردن خمیر برای پختن نان بود یکی از دوستانش با تعجب گفت: ای سلمان تو با داشتن خادم چرا خودت خمیر درست می‌کنی؟ سلمان فرمود: خادم را برای انجام کار دیگری به بازار فرستاده ام و دوست ندارم که دو کار را به او محول کنم.

چون باران باش که در ترنمش علف هرز و گل سرخ یکی است.

به دنبال حقیقت باشید.

یک روز ارسطو در جمع شاگردانش از فلسفه انتقاد می‌کرد! یکی از شاگردان گفت: استاد چرا احترام آموزگار را رعایت نکردی؟ ارسطو گفت: من آموزگار را دوست دارم ولی حقیقت را بیشتر.

حقیقت می‌تواند مدتی در حجاب تعویق و تاخیر بماند ولی همیشه جوان بوده و خود را معرفی خواهد نمود.

۴۷

از نیروی عقل استفاده کنید (قبل از انجام هر کاری در مورد آن فکر کنید) .

روزی در جایی می‌خواندم که شیطان حضرت مسیح را به بالای برج اورشلیم برد و گفت: اگر تو وابسته و عزیز خدایی از این بالا بپر تا خدای تو ؛ تو را نجات دهد! مسیح آرام آرام شروع به پایین آمدن از برج کرد.

شیطان پرسید چه شد؟ به خدایت اعتماد نداری؟

مسیح پاسخ داد: مکتوب است که تا زمانی که می‌توانی از طریق عقلت عاقبت کاری را بفهمی خدایت را امتحان نکن!

تا آن‌جا که می‌توانیم برای هر کاری سر به آسمان نگیریم و استمداد نطلبیم. چون او بزرگ‌ترین یاری اش را که عقلانیت است قبلا هدیه داده است. نکته جالب متن فوق این جاست که بزرگ‌ترین موهبت الهی که عقل است را نمی‌بینیم و باز دنبال معجزات دیگر هستیم.

به کارگیری عقل در کارها مانند چتر نجات است، برای آن‌که باید اول باز شود.

نا امید نباشید.

روزی شیطان همه جا اعلام کرد قصد دارد از کارش دست بکشد و وسایلش را با تخفیف ویژه به حراج بگذارد!

همه مردم جمع شدند و شیطان وسایلی از قبیل: غرور – خودبینی – مال اندوزی – خشم – حسادت – شهرت طلبی و دیگر شرارت‌ها را عرضه کرد....

در میان همه وسایل یکی از آن‌ها بسیار کهنه و مستعمل بود و بهای گرانی داشت!

کسی پرسید این عتیقه چیست؟ شیطان گفت: این ناامیدی است. شخص گفت: چرا این قدر گران است؟ شیطان با لحنی مرموز گفت: این موثرترین وسیله من است. شخص گفت: چرا این گونه است؟

شیطان گفت: هر گاه سایر ابزارم اثر نکند فقط با این می‌توانم در قلب انسان رخنه کنم ووقتی اثر کند با او هر کاری بخواهد می‌کنم....

این وسیله را برای تمام انسان‌ها به کار برده ام، برای همین این قدر کهنه است. مراقب امیدمان باشیم.

هیچ وقت امیدت را از دست نده، شاید آن زمان که امیدت را از دست می‌دهی، دو ثانیه قبل از خوشبختی باشد.

اگر می‌خواهید بر دیگران تاثیر بگذارید باید به نگرش خود آن‌ها سخن گفته و رفتار کنید.

روستایی بود دور افتاده که مردم ساده دل و بی‌سوادی در آن سکونت داشتند. مردی شیاد از ساده لوحی آنان استفاده کرد و بر آنان به نوعی حکومت می‌کرد. بر حسب اتفاق گذر یک معلم به آن روستا افتاد و متوجه دغل کاری‌های شیاد شد و او را نصیحت کرد که از اغفال مردم دست بردارد و گرنه او را رسوا می‌کند. اما مرد شیاد نپذیرفت. بعد از اتمام حجت معلم با مردم روستا از فریب کاری‌های شیاد سخن گفت و نسبت به حقه‌های او هشداد داد.

بعد از کلی مشاجره بین معلم و شیاد قرار براین شد که فردا در میدان روستا معلم و مرد شیاد مسابقه بدهند تا معلوم شود کدام یک با سواد و کدام یک بی‌سواد هستند. در روز موعود همه مردم روستا در میدان ده گرد آمده بودند تا ببینند آخر کار چه می‌شود. شیاد به معلم گفت: بنویس مار، معلم نوشت: مار نوبت شیاد رسید شکل مار را روی خاک کشید. و به مردم گفت: شما خود قضاوت کنید. کدام یک از این‌ها مار است؟

مردم که سواد نداشتند متوجه نوشته مار نشدند. اما همه شکل مار را شناختند و به جان معلم افتادند تا می‌توانستند او را کتک زدند و از روستا بیرون راندند

در انتخاب دوست دقت کنید.

یک روز جمعی از دوستان شبلی به دیدنش رفتند، شبلی در گوشه‌ای نشسته بود از آن‌ها پرسید: شما کیستید؟ گفتند: دوستان تو. شبلی چند قطعه سنگ از روی زمین برداشت و به طرف آن‌ها پرتاب کرد، همه گریختند. سپس شبلی فریاد برآورد که: ای دروغ گویان مگر دوست با چند پاره سنگ از دوست می‌گریزد؟ معلوم شد که دوست خود هستید نه دوست من.

دوستی‌های ساختگی مانند پرندگان مهاجر در صورت بدتر شدن هوا از بین می‌روند.

۵۱

صبر داشته باشید و به خداوند اعتماد کنید.

مـردی از خـدا دو چیـز خواسـت، یک گل و یک پروانـه.... امـا چیـزی کـه بـه دسـت آورد یک کاکتوس و یک کرم بـود غمگین شـد با خود اندیشید شاید خداوند من را دوسـت ندارد و بـه من توجهی ندارد.

چنـد روز گذشـت. از آن کاکتـوس پر از خـار گلی زیبا روییـده شـد و آن کرم تبدیـل به پروانه‌ای زیبا شـد. اگر چیـزی از خـدا خواسـتید و چیـز دیگری دریافت کردید به او اعتماد کنید. خارهای امروز گل‌های فردایند.

خداونـد شـما را از شـرایطی عبـور می‌دهـد کـه هیـچ از آن سـر در نمی‌آوریـد، فقـط بـه این دلیـل کـه شـما را بـه جایگاهی برسـاند کـه شایسـته اش هسـتید، بـه او اعتمـاد کنید.

وقتـی سـکوت خـدا را در برابـر راز و نیـازت دیـدی، نگـو خدا بـا من قهر اسـت، او بـه تمام کائنـات فرمـان داده سـکوت کننـد تا حرف تـو را بشـنود.

۵۲

فاصلهٔ خود را با دیگران حفظ کنید.

در عصر یخبندان بسیاری از حیوانات یخ زدند و مردند . خارپشت ها وخامت اوضاع را دریافتند و تصمیم گرفتند دور هم جمع شوند و بدین ترتیب خود را حفظ کنند.

ولی خارهایشان یکدیگر را زخمی می کرد با این که وقتی نزدیک تر بودند گرم تر می شدند ولی تصمیم گرفتند از کنار هم دور هم شوند ولی با این وضع از سرما یخ زده می مردند از این رو مجبور بودند برگزینند:

یا خارهای دوستان را تحمل کنند و یا نسلشان از روی زمین محو گردد......

دریافتند که بازگردند و گرد هم آیند . آموختند که با زخم های کوچکی که از همزیستی بسیار نزدیک با کسی بوجود می آید کنار بیایند و زندگی کنند چون گرمای وجود آن ها مهم تر است و این چنین توانستند زنده بمانند .

بهترین رابطه این نیست که اشخاص بی عیب و نقص را گرد هم آورد بلکه آن است هر فرد بیاموزد با معایب دیگران کنار آید و محاسن آنان را تحسین نماید!

یک عکاس مشهور نوشته بود : یک عکس فوق العاده نتیجهٔ فاصلهٔ مناسب عکاس از سوژهٔ مورد علاقه اش است . پس برای داشتن رابطه ای فوق العاده به دنبال بهترین فاصله باشید، نه نزدیک ترین فاصله!

خود و دیگران را تشویق کنید.

چنـد قورباغـه از جنگلـی عبـور می‌کردنـد کـه ناگهان دو تا از آن‌ها به داخـل گـودال عمیقی افتادنـد. بقیـه قورباغه‌هـا در کنـار گـودال جمـع شـدند و وقتـی دیدنـد کـه گـودال چـه قـدر عمیـق اسـت بـه دو قورباغـه دیگـر گفتنـد کـه چـاره‌ای نیسـت. شـما بـه زودی خواهیـد مـرد.

دو قورباغـه، ایـن حرف‌هـا را نادیـده گرفتنـد و بـا تمـام توانشـان کوشـیدند کـه از گـودال بیـرون بپرنـد. امـا قورباغه‌هـای دیگـر دایمـا بـه آن‌هـا می‌گفتنـد کـه دسـت از تلاش بـردارید، شـما خواهیـد مـرد.

بالاخـره یکـی از دو قورباغـه دسـت از تلاش برداشـت و بی‌درنـگ بـه داخـل گـودال پرتـاب شـد و مـرد. امـا قورباغـه دیگـر بـا حداکثر توانـش بـرای بیـرون آمـدن از گـودال تلاش می‌کرد. بقیـه قورباغه‌هـا فریـاد می‌زدنـد کـه دسـت از تلاش بـردار امـا او بـا تـوان بیشـتری تـلاش می‌کرد و بالاخـره از گـودال خـارج شـد.... و معلـوم شـد کـه قورباغـه ناشنواسـت. در واقـع او تمـام ایـن مـدت فکر می‌کـرد کـه دیگـران او را تشـویق می‌کننـد.

امـروز کاری بکـن کـه بـه خاطـرش، خـودت در آینـده از خـودت تشـکر کنـی و خـودت را تشـویق کنـی.

۵۴

خودتان و دیگران را تحقیر نکنید.

شیخ اجل سعدی در ارتباط با سبک باری چنین تعریف می‌کند: توان‌گر زاده‌ای را دیدم بر سر گور پدر نشسته و با درویش بچه‌ای در گفتگو بود، توان‌گر زاده مغرورانه می‌گفت: صندوق قبر پدر من سنگین است و کتابه رنگین و فرش رخام انداخته و خشت فیروزه در آن به کار رفته ولی قبر پدر تو با مشتی خاک و گل ساخته شده است.

درویش بچه خندید و گفت: تا پدرت در زیر آن سنگ‌های سنگین بخواهد تکان بخورد، پدر من به بهشت خواهد رسید.

کسی را کوچک نکن، نقطه هم کوچک است ولی جمله را تمام می‌کند!

سنگ‌های بزرگ زندگی شما کدامند؟

معلمی با جعبه‌ای در دست وارد کلاس شد و جعبه را روی میز گذاشت بدون هیچ کلمه ای، یک ظرف شیشه‌ای بزرگ و چند سنگ بزرگ از داخل جعبه برداشت و تا جایی که ظرف گنجایش داشت سنگ بزرگ داخل ظرف گذاشت. سپس از شاگردان خود پرسید: آیا این ظرف پر است؟ همه شاگردان گفتند: بله. سپس معلم مقداری سنگ‌ریزه از داخل جعبه برداشت و آن‌ها را به داخل ظرف ریخت و ظرف را به آرامی تکان داد، سنگ ریزه‌ها در بین مناطق باز بین سنگ‌های بزرگ قرار گرفتند این کار را تکرار کرد تا دیگر سنگ ریزه‌ای جا نشود.

دوباره از شاگردان پرسید: آیا ظرف پر است؟ شاگردان با تعجب گفتند: بله. دوباره معلم ظرفی را از شن از داخل جعبه بیرون آورد و داخل ظرف شیشه‌ای ریخت و ماسه‌ها همه جاهای خالی را پر کردند. معلم یک بار دیگر پرسید: آیا ظرف پر است؟ و شاگردان یک صدا گفتند: بله.

معلم یک بطری آب از داخل جعبه بیرون آورد و روی همه محتویات داخل ظرف شیشه‌ای را خالی کرد و گفت: حالا ظرف پر است. سپس پرسید: می‌دانید مفهوم این نمایش چیست؟ و گفت: این شیشه و محتویات آن نمایی از زندگی شماست. اگر سنگ‌های بزرگ را اول نگذارید هیچ وقت فرصت پرداختن به آن‌ها را نخواهید یافت. سنگ‌های بزرگ مهم‌ترین چیزها در زندگی شما هستند، خدای تان ؛ خانواده تان، فرزندانتان، سلامتی تان دوستانتان و مهم‌ترین علایقتان، چیزهایی که اگر همه چیزهای دیگر نباشند ولی این‌ها باقی بمانند. باز زندگی تان پای بر جا خواهد بود.

به یاد داشته باشید که ابتدا این سنگ‌های بزرگ را بگذارید، در غیر این صورت هیچ‌گاه به آن‌ها دست نخواهید یافت. اما سنگ ریزه‌ها سایر چیزهای قابل اهمیت هستند مثل تحصیل، کار، خانه و ماشین. شن‌ها هم سایر چیزها هستند، مسایل خیلی ساده. معلم ادامه داد: اگر با کارهای کوچک (شن و آب) خود را خسته کنید زندگی خود را با کارهای کوچکی که اهمیت زیادی ندارند پر می‌کنید و هیچ‌گاه وقت کافی و مفید برای کارهای بزرگ و مهم (سنگ‌های بزرگ) نخواهید داشت. اول سنگ‌های بزرگ را در نظر داشته باشید چیزهایی که واقعا برایتان اهمیت دارند.

مردی که کوه را از میان برداشت کسی بود که شروع به برداشتن سنگ ریزه‌ها کرده بود.

صریح باشید اما گستاخی نکنید.

روزی سلطان محمود به دارالمجانین رفت و از دیوانه‌ای پرسید: چه میل داری؟

گفت: دنبه. اشارت فرمود تا ترب برایش آوردند و گفتند: این هم دنبه!

دیوانه گفت و همی خورد و سر جنباند و به سلطان نگریست. سلطان سبب پرسید.

دیوانه گفت: تا تو پادشاه شده‌ای از دنبه‌ها چربی رفته است!

قوی باشید، اما نه گستاخ. مهربان باشید، اما نه ضعیف. جسور باشید اما نه زورگو. فروتن باشید، اما نه ترسو.

عزت نفس و اعتماد به نفس داشته باشید.

یک روز سگی به شیری گفت: بیا با هم کشتی بگیریم، شیر به دعوت سگ اعتنایی نکرد. سگ گفت: اگر با من کشتی نگیری می‌روم به همه حیوانات جنگل می‌گویم که شیر ترسیده با من کشتی بگیرد. شیر گفت: ملامت حیوانات را بیشتر دوست دارم تا سرزنش شیران را که ملامتم کنند که چرا با سگی کشتی گرفته‌ام.

حرمت اعتبار خود را هرگز در میدان مقایسه خویش با دیگران مشکن.
وقار و سنگینی، اعتماد به نفس می‌آفریند.

به سخنان دیگران توجه نکنید.

گفتـه انـد کـه در قـرن ۱۹میـلادی، وقتـی سـفیر انگلیـس بـه طـرف تهـران در حرکـت بـود در نزدیکی‌هـای تهـران اسب‌هـای کالسـکه سـفیر از نفـس افتادنـد.

سرپرسـت ایرانـی عده‌ای را اسـتخدام کـرد تـا کالسـکه سـفیر را بکشـند. ولـی آن‌هـا هـم خسـته شـدند و غرولنـد را آغـاز کردنـد و کار بـه فحـش و نا سـزا کشـید.

سـفیر از پنجره سرش را بیرون آورد و به سرپرست قراولان گفت: گویا مرا دشنام می‌دهند و به خانـم هـم بی‌ادبی می‌کنند و انگار ناراضی اند؟

افسر قراول اول با شرمندگی پاسخ داد: بله قربان، سـفیر پرسـید: آیا این دشنام‌ها در هدف ما تاخیری ایجاد می‌کند؟

مامور پاسخ داد: خیر، قربان. سفیر شیشه را بست و گفت: بگذار دشنام بدهند!

پشت هـر آدم موفـق، کوهسـتانی سـرد و تاریـک از اهمیت ندادن بـه دیگران و نظراتشان است.

۵۹

بعضی خطاها جبران ناپذیرند، مراقب باشید.

سرباز از برج دیده بانی نگاه می‌کرد و عکاس را می‌دید که بی‌خیال پیش می‌آمد. سه پایه اش را به دوش می‌کشید. هیچ توجهی به تابلوی «منطقه ی نظامی، عکاسی ممنوع» نکرد. هوا سرد بود و حوصله نداشت از دکل پایین بیاید. ماسک را تنظیم کرد و یک لحظه نفس در سینه اش حبس شد. تلفن که زنگ زد، تیرش به خطا رفت.

جک، خواهرت از مینه سوتا آمده بود تو را ببیند، همان که می‌گفتی عکاس روزنامه است. فرستادمش سرپستت که غافل گیر شوی.

خطر تصمیم نادرست، در مقایسه با وحشت دو دلی هیچ است.

غیبت، نکنید.

آورده‌اند که در مدینه زنی بود در عهد رسول خدا (ص) که دایم روزه داشتی و غیبت کردی. روزی به خدمت حضرت رسول (ص) آمد. حضرت فرمودند: چرا دایم در گرسنگی به سر می‌بری و چیزی نمی‌خوری؟ آن زن گفت: یا رسول الله روزه دارم. حضرت فرمودند که تو روزه نداری. عبث گرسنگی می‌کشی، که زبان خود را از غیبت و فحش نگه نمی‌داری.

آن روز زن به خانه رفت و تا ۳ روز خاموش بود. حرف نزد و از خانه بیرون نیامد و حرف لغوی بر زبان نیاورد. مرتبه دیگر به خدمت آن حضرت رفت. حضرت فرمود که امروز روزه‌ی تو صحیح است که زبان را به بد گفتن و غیبت آلوده نساختی.

بدان که روزه داشتن، تنها طعام و آب خوردن نیست. بلکه باید زبان را از فحش و غیبت نگاه داشت که روزه صحیح آن است که جمله اعضا و جوارح خود را به خصوص زبان را از غیبت و هرزه و آن چه تو را منع و نهی کرده‌اند باز داری.

تو مکن غیبت و دروغ مگوی   دل خود را ز بغض و کینه بشوی.

وقتی کسی پشت سرت حرف می‌زنه، یعنی دو قدم ازت عقب تره و تو دو قدم از اون جلوتر.

بیش از حد فکر نکنید.

یک روز مردی به عارفی مشهور گفت: چرا در این شهر مانده‌ای و هجرت نمی‌کنی؟ عارف گفت: دوستم مقیم است و به او مشغولم و به دیگری نمی‌پردازم. آن مرد گفت: آب که راکد باشد و یک جا زیاد بماند می‌گندد. عارف گفت: دریا راکد است و هیچ وقت نمی‌گندد. دریا باش تا هرگز نگندی.

بیش از حد فکر نکن، فقط کاری رو انجام بده که خوشحالت می‌کنه!

به خودتان احترام بگذارید.

نقل است شاه عباس صفوی رجال کشور را به ضیافت شاهانه میهمان کرد، دستور داد تا سر قلیان‌ها به جای تنباکو، از سرگین اسب استفاده نمایند. میهمان‌ها مشغول کشیدن قلیان شدند! و دود و بوی پهن اسب فضا را پر کرد اما از بیم ناراحتی شاه پشت سر هم بر نی قلیان پک عمیق زده و با احساس رضایت دودش را هوا می‌دادند!

گویی در عمرشان تنباکویی به آن خوبی نکشیده اند. شاه رو به آن‌ها کرده و گفت: سر قلیان‌ها با بهترین تنباکو پر شده اند، آن را حاکم همدان بر ایمان فرستاده است. همه از تنباکو و عطر آن تعریف کرده و گفتند: براستی تنباکویی بهتر از این نمی‌توان یافت. شاه به رییس نگهبانان دربار ـ که پک‌های بسیار عمیقی به قلیان می‌زد گفت: تنباکویش چه طور است؟ رییس نگهبانان گفت: به سر اعلی حضرت قسم، ۵۰ سال است که قلیان می‌کشم، اما تنباکویی به این عطر و مزه ندیده ام! شاه با تحقیر به آن‌ها نگاهی کرد و گفت: مرده شوی تان ببرد که به خاطر حفظ پست و مقام حاضرید به جای تنباکو پهن اسب بکشید و به به و چه چه کنید.

به خودت احترام بگذار و عشق بورز تا کسانی را به طرف خودت جذب کنی که دوستت دارند و برایت احترام قائلند. وقتی احساس بدی نسبت به خودت داری، از ورود عشق به درونت جلوگیری می‌کنی و در عوض موقعیت‌ها و افرادی را به طرف خودت جذب می‌کنی که احساس بد تو را بیشتر می‌کنند.

۶۳

در زندگی امید، عشق و ایمان داشته باشید.

۴ شمع به آرامی می‌سوختند و با هم گفتگو می‌کردند.

محیط به قدری آرام بود که گفتگوی شمع‌ها شنیده می‌شد.

اولین شمع می‌گفت: من «دوستی» هستم، اما هیچ کس نمی‌تواند مرا شعله ور نگاه دارد ومن ناگزیر خاموش خواهم شد. شمع دوستی کم نورتر و کم نورتر شد و خاموش شد.

شمع دوم می‌گفت: من «ایمان» هستم، اما اغلب سست می‌گردم و خیلی پایدار نیستم.

در همین زمان نسیمی آرام وزیدن گرفت و او را خاموش کرد.

شمع سوم با اندوه شروع به صحبت کرد: من «عشق» هستم ولی قدرت آن را ندارم که روشن بمانم. مردم مرا کنارمی گذارند و اهمیت مرا درک نمی‌کنند.

آن‌ها حتی فراموش می‌کنند که به نزدیکان خود عشق بورزند! وبی درنگ از سوختن باز ایستاد.

در همین لحظه کودکی وارد اتاق شد. چشمش به شمع‌های خاموش افتاد و گفت: شما چرا نمی‌سوزید؟ مگر قرار نبود تا انتها روشن بمانید؟ و ناگهان به گریه افتاد.

باگریه کودک شمع چهارم شروع به صحبت کرد و گفت: نگران نباش، تا زمانی که شعله من خاموش نگردد شمع‌های دیگر را روشن خواهم کرد. من «امید» هستم.

کودک، با چشم‌هایی که از شادی می‌درخشید ند شمع امید را در دست گرفت و دوستی، ایمان وعشق را شعله ور ساخت.

شـمع امیـد زندگی شـما هرگـز خامـوش نگردد، تـا همیشـه آکنـده از دوسـتی، ایمـان و عشـق باشـید.

هرگز نا امید مشو! اغلب در میان یک دسته کلید، آخرین کلید قفل را می‌گشاید.

فقط گام اول را با ایمان بردار، لازم نیست که تمام راه، پله را ببینی.

کوچک باش و عاشق... که عشق خود می‌داند آیین بزرگ کردنت را!

دوستی مانند اسناد کهنه است، قدمت تاریخ آن را قیمتی می‌کند.

کسانی که برای رشد و پرورش تو از خودگذشتگی کرده اند، فراموش نکن.

مادر فقط یک چشم داشت. من از اون متنفر بودم. اون همیشه مایه خجالت من بود. اون برای امرار معاش خانواده، برای معلم‌ها و بچه مدرسه ای‌ها غذا می‌پخت. یک روز اومده بود دم در مدرسه که به من سلام کنه و منو با خود به خونه ببره. خیلی خجالت کشیدم. آخه اون چه طور تونست این کار رو با من بکنه؟ به روی خودم نیاوردم. فقط با تنفر بهش یه نگاه کردم و فورا از اون جا دور شدم. روز بعد یکی از هم کلاسی‌ها منو مسخره کرد و گفت: ای یی یی مامان تو فقط یک چشم داره. فقط دلم می‌خواست یک جوری خودم رو گم و گور کنم. کاش زمین دهن وا می‌کرد و منو.... کاش مادرم یه جوری گم وگور می‌شد.

روز بعد بهش گفتم اگه واقعا می‌خوای منو بخندونی و خوشحال کنی چرا نمی‌میری؟ اون هیچ جوابی نداد. حتی یک لحظه هم راجع به حرفی که زدم فکر نکردم. چون خیلی عصبانی بودم. احساسات اون برای من هیچ اهمیتی نداشت. دلم می‌خواست از اون خونه برم و دیگه هیچ کاری با اون نداشته باشم. سخت درس خوندم و موفق شدم برای ادامه تحصیل به سنگاپور بروم.

اون جا ازدواج کردم، واسه خودم خونه خریدم، زن و بچه و زندگی...از زندگی، بچه‌ها و آسایشی که داشتم خوشحال بودم تا این که یه روز مادرم اومد به دیدن من. اون سال‌ها منو ندیده بود و همین طور نوه‌ها شو. وقتی ایستاده بود دم در، بچه‌ها به اون خندیدند و من سرش داد کشیدم که چرا خودش رو دعوت کرده که بیاد این جا، اونم بی‌خبر. سرش داد زدم چه طور جرات کردی بیای به خونه من و بچه‌ها رو بترسونی؟ گم شو از این جا! همین حالا. اون

به آرامی جواب داد: اوه خیلی معذرت می‌خوام، مثل این که آدرس رو عوضی اومدم و بعد فورا رفت و از نظر نا پدید شد. یک روز یک دعوت نامه اومد در خونه من در سنگاپور، برای شرکت در جشن تجدید دیدار دانش آموزان مدرسه. ولی من به همسرم به دروغ گفتم که به یک سفر کاری می‌رم.

بعد از مراسم، رفتم به اون کلبه قدیمی خودمون البته فقط از روی کنجکاوی. همسایه‌ها گفتن که اون مرده. ولی من حتی یک قطره اشک هم نریختم. اونا یک نامه به من دادند که اون ازشون خواسته بود که بدن به من.ای عزیزترین پسر من، من همیشه به فکر تو بوده ام. منو ببخش که به خونت تو سنگاپور اومدم و بچه‌ها تو ترسوندم، خیلی خوشحال شدم وقتی شنیدم داری می‌یای این جا. ولی من ممکنه که نتونم از جام بلند شم که بیام تو رو ببینم. وقتی داشتی بزرگ می‌شدی از این که دایم باعث خجالت تو شدم خیلی متاسفم. آخه می‌دونی....وقتی تو خیلی کوچیک بودی تو یه تصادف یک چشمت رو از دست دادی. به عنوان یک مادر نمی‌تونستم تحمل کنم و ببینم که تو داری بزرگ می‌شی با یک چشم. بنابراین چشم خودم رو دادم به تو. برای من افتخار بود که پسرم می‌تونست با اون چشم به جای من دنیای جدید رو به طور کامل ببینه. با همه عشق و علاقه من به تو، مادرت!

> **آدم‌ها خیلی زود همراهان صمیمی را فراموش می‌کنند، همین که باران بند آمد خیلی‌ها چترهایشان را جا می‌گذارند.**
>
> **امروز را برای بیان عشق به عزیزانت غنیمت بشمار، شاید فردا احساسی باشد اما عزیزی نباشد.**
>
> **برای شنیدن صدایی که دوستش داری همین لحظه هم بسیار دیر است، افسوس خواهی خورد زمانی را که آن سوی سیم‌ها کسی بی‌احساس می‌گوید: برقراری ارتباط با مشترک مورد نظر مقدور نمی‌باشد.**

زمان گران بهاست.

در جزیره‌ای زیبا تمام حواس، زندگی می‌کردند. شادی، غم، غرور وعشق. روزی خبر رسید که به زودی جزیره به زیر آب خواهد رفت. همه ساکنین جزیره قایق هایشان را آماده و جزیره را ترک کردند. اما عشق می‌خواست تا آخرین لحظه بماند.

چون او عاشق جزیره بود. وقتی جزیره به زیر آب فرو می‌رفت عشق از ثروت که با قایقی با شکوه جزیره را ترک می‌کرد کمک خواست و به او گفت: آیا می‌توانم با تو هم سفر شوم؟ ثروت گفت: نه. مقدار زیادی طلا و نقره داخل قایقم هست و دیگر جایی برای تو وجود ندارد. پس عشق از غرور که با یک کرجی زیبا راهی مکان امنی بود کمک خواست. غرور گفت: نه نمی‌توانم تو را با خود ببرم. چون تمام بدنت خیس و کثیف شده و قایق زیبای مرا کثیف خواهی کرد. غم در نزدیکی عشق بود.

پس عشق به او گفت: اجازه بده تا من با تو بیایم. غم با صدای حزن آلود گفت: آه عشق من خیلی ناراحتم و احتیاج دارم تا تنها باشم عشق این بار به سراغ شادی رفت و او را صدا زد. اما او آن قدر غرق شادی و هیجان بود که حتی صدای عشق را هم نشنید.

آب هر لحظه بالا و بالاتر می‌آمد و عشق دیگر نا امید شده بود که ناگهان صدای سالخورده‌ای گفت: بیا عشق من تو را خواهم برد.

عشق آن قدر خوشحال شده بود که حتی فراموش کرده بود که نام پیرمرد را بپرسد و سریع خود را داخل قایق انداخت و جزیره را ترک کرد. وقتی به خشکی رسیدند پیرمرد به راه خود رفت و عشق تازه متوجه شد کسی که جانش را نجات داده بود چه قدر بر گردنش حق دارد. عشق

نزد علم که مشغول حل مساله‌ای روی شن‌های ساحل بود رفت واز او پرسید: آن پیرمرد که بود؟

علم پاسخ داد: زمان. عشق با تعجب گفت: زمان؟ اما چرا او به من کمک کرد؟ علم لبخند خردمندانه‌ای زد و گفت: زیرا تنها زمان قادر به درک عظمت عشق است.

به امید فردا روزمان را شب می‌کنیم و هیچ وقت یادمان نمی‌ماند که فردا همین امروز است، دنبال چیزی می‌گردیم که نمی‌دانیم چیست؟ یا می‌دانیم و می‌ترسیم بگوییم، اسمش را گذاشته ایم فردا! زمان خیلی با ارزشه، هدرش ندهید.

فرشته‌ای به نام مادر.

کودکی که آماده تولد بـود بـود نـزد خدا رفت و از او پرسید: می‌گویند فردا شـما مـرا بـه زمیـن می‌فرستید، اما من به این کوچکی و بدون هیچ کمکی چگونه می‌توانم برای زندگی به آن‌جا بروم؟

خداوند پاسخ داد: در میان تعداد بسیاری از فرشتگان، من یکی را برای تو در نظر گرفته ام او از تو نگه داری خواهد کرد. اما کودک هنوز اطمینان نداشت که می‌خواهد برود یا نه. اما این جا در بهشت من هیچ کاری جز خندیدن و آواز خواندن ندارم و این‌ها برای شادی مـن کافی هستند. خداوند لبخند زد، فرشته ی تو برایت آواز خواهد خواند و هر روز به تو لبخند خواهد زد. تو عشق او را احساس خواهی کرد و شاد خواهی بود.

کودک ادامه داد: من چگونه می‌توانم بفهمم مردم چه می‌گویند وقتی زبان آن‌ها را نمی‌دانم؟ خداونـد او را نـوازش کـرد و گفت: فرشته ی تو، زیباترین و شـیرین‌ترین واژه‌هایی را کـه ممکن است بشنوی در گوش تو زمزمه خواهد کرد و با دقت و صبوری به تو یاد خواهد داد که چگونه صحبت کنی.

کودک با ناراحتی گفت: وقتی می‌خواهم با شما صحبت کنم چه کنم؟ اما خدا برای این سوال هم پاسخی داشت. فرشته ات دست‌هایت را در کنار هم قرار خواهد داد و به تو یاد می‌دهد که چگونه دعا کنی. کودک سرش را برگرداند و پرسید: شنیده ام که در زمین انسان‌های بدی هم زندگی می‌کنند، چه کسی از من محافظت خواهد کرد؟ فرشته ات از تو مواظبـت خواهد کرد حتی اگر به قیمت جانش تمام شود.

کودک با نگرانی ادامه داد: اما من همیشه به این دلیل که دیگر نمی‌توانم شما را ببینم ناراحت خواهم بود. خداوند لبخند زد و گفت: فرشته‌ات همیشه درباره من با تو صحبت خواهد کرد و به تو راه بازگشت نزد من را خواهد آموخت، گر چه من همیشه در کنار تو خواهم بود. در آن هنگام بهشت آرام بود اما صداهایی از زمین شنیده می‌شد. کودک فهمید که به زودی باید سفرش را آغاز کند. او به آرامی یک سوال دیگر از خداوند پرسید.

خدایا! اگر من باید همین حالا بروم، پس لطفا نام فرشته‌ام را به من بگویید. خداوند شانه او را نوازش کرد و پاسخ داد: نام فرشته‌ات اهمیتی ندارد، می‌توانی او را «مادر» صدا کنی.

قلب مادر درهٔ ژرفی است که ته آن همواره بخشش را خواهی یافت.

مادر، مکانی برایت بهتر از دلم سراغ ندارم، تنگی اش را به بزرگی مهربانیت ببخش.

یک روز سوراخ کوچکی در یک پیله ظاهر شد. شخصی نشست و چند ساعت به جدال پروانه برای خارج شدن از سوراخ کوچک ایجاد شده در پیله نگاه کرد. سپس فعالیت پروانه متوقف شد و به نظر رسید تمام تلاش خود را انجام داده و نمی‌تواند ادامه دهد.

آن شخص تصمیم گرفت به پروانه کمک کند و با قیچی پیله را باز کرد. پروانه به راحتی از پیله خارج شد اما بدنش ضعیف و بال‌هایش چروک بود. آن شخص باز هم به تماشای پروانه ادامه داد چون انتظار داشت که بال‌های پروانه باز، گسترده و محکم شوند و از بدن پروانه محافظت کنند. هیچ اتفاقی نیفتاد. در واقع پروانه بقیه عمرش به خزیدن مشغول بود و هرگز نتوانست پرواز کند.

چیزی که آن شخص با همه مهربانیش نمی‌دانست این بود که محدودیت پیله و تلاش لازم برای خروج از سوراخ آن راهی بود که خدا برای ترشح مایعاتی از بدن پروانه به بال‌هایش قرار داده بود تا پروانه بعد از خروج از پیله بتواند پرواز کند.

گاهی اوقات تلاش تنها چیزیست که در زندگی نیاز داریم. اگر خدا اجازه می‌داد که بدون هیچ مشکلی زندگی کنیم فلج می‌شدیم به اندازه کافی قوی نبودیم و هرگز نمی‌توانستیم پرواز کنیم. من قدرت خواستم و خدا مشکلاتی در سر راهم قرار داد تا قوی شوم. من دانایی خواستم و خدا به من مسایلی داد تا حل کنم.

من سعادت و ترقی خواستم و خدا به من قدرت تفکر و قوت ماهیچه داد تا کار کنم. من جرات خواستم و خدا موانعی سر راهم قرار داد تا بر آن‌ها غلبه کنم. من عشق خواستم و خدا

افرادی به من نشان داد که نیازمند کمک بودند. من محبت خواستم و خدا به من فرصت‌هایی برای محبت داد. من به هر چه که خواستم نرسیدم...

اما به هر چه که نیاز داشتم دست یافتم. بدون ترس زندگی کن، با همه مشکلات مبارزه کن و بدان که می‌توانی بر تمام آن‌ها غلبه کنی.

تا سعی نکنید مشکلات را بشناسید، نمی‌دانید که چه کاری را نمی‌توانید انجام دهید.

بد بین ومنفی نگر نباشید.

روزها گذشت و گنجشک با خدا هیچ نگفت. فرشتگان سراغش را از خدا گرفتند. و خدا هر بار به فرشتگان این گونه می‌گفت: می‌آید. من تنها گوشی هستم که غصه‌هایش را می‌شنود. و یگانه قلبی ام که دردهایش را در خود نگه می‌دارد. سرانجام گنجشک روی شاخه‌ای از درخت دنیا نشست، فرشتگان چشم به لب‌هایش دوختند. گنجشک هیچ نگفت و خدا لب به سخن گشود

با من بگو از آن چه سنگینی سینه توست. گنجشک گفت: لانه کوچکی داشتم، آرامگاه خستگی‌هایم بوده و سر پناه بی‌کسی ام تو همان را هم از من گرفتی. این توفان بی‌موقع چه بود؟ چه می‌خواستی از لانه محقرم، کجای دنیا را گرفته بود؟ و سنگینی بغض راه بر کلامش بست. سکوتی در عرش طنین انداز شد

فرشتگان همه سر به زیر انداختند. خدا گفت: ماری در راه لانه ات بود. خواب بودی، باد را گفتم تا لانه ات را واژگون کند. آن گاه تو از کمین مار پر گشودی. گنجشک خیره در خدایی خدا مانده بود. خدا گفت: و چه بسیار بلاها که به واسطه محبتم از تو دور کردم و تو ندانسته به دشمنی ام برخاستی. اشک در دیدگان گنجشک نشسته بود. های‌های گریه‌هایش ملکوت خدا را پر کرد.

آرزوهای خود را دنبال کنید و رویاهای بزرگ داشته باشید.

مرد جوانی از سقراط پرسید راز موفقیت چیست؟ سقراط به او گفت: فردا به کنار نهر آب بیا تا راز موفقیت را به تو بگویم.

صبح فردا مرد جوان مشتاقانه به کنار رود رفت. سقراط از او خواست که به سوی رودخانه او را همراهی کند. جوان با او به راه افتاد. به لبه رود رسیدند به آب زدند و آن قدر پیش رفتند تا آب به زیر چانه آن‌ها رسید. ناگهان سقراط مرد جوان را گرفت و زیر آب فرو برد. جوان ناامیدانه تلاش کرد خود را رها کند، اما سقراط آن قدر قوی بود که او را نگه دارد.

مرد جوان آن قدر زیر آب ماند که رنگش به کبودی گرایید و بالاخره توانست خود را خلاصی بخشد. همین که به روی آب آمد اول کاری که کرد آن بود که نفس بس عمیق کشید و هوا را به اعماق ریه فرو فرستاد. سقراط از او پرسید: زیر آب که بودی چه چیز را بیش از همه مشتاق بودی؟ گفت: هوا. سقراط گفت: هر زمان که به همین میزان که اشتیاق هوا را داشتی موفقیت را مشتاق بودی تلاش خواهی کرد که آن را به دست بیاوری. راز دیگری ندارد.

فرمولی که من برای موفقیت کشف کردم این است : اگر اشتیاق شما برای موفق شدن بیشتر از ترس شما از شکست خوردن باشد شما حتما موفق خواهید شد.

به دیگران خدمت رسانی کرده و مسیر رسیدن به خواسته‌های دیگران را آسان کنید.

روزی در مجلس یکی از بزرگان، سخن از کرم و بخشش بود، یکی از حاضرین نقل کرد که: حاتم طایی قصری بزرگ بنا کرده بود که چهل پنجره داشت برای این که افراد فقیر و نیازمند راحت‌تر به آن جا مراجعه کنند و حاجت خود را بگیرند. یک روز فقیری به تمام آن پنجره‌ها مراجعه کرد وحاتم با این که متوجه شده بود خود را به جهالت زد و در هر چهل پنجره او را یاری کرد.

یکی از بزرگان گفت: کار حاتم چندان هم بزرگ نبوده است. باید در پنجره اول چندان به او توجه می‌کرد که احتیاجش به در دیگری نیفتد.

وقتی با دیگران خوب هستی، بهترین رفتار را با خودت داری!

اهل عمل باشید تا بیان کردن.

خواجه عبدالکریم خادم خاص شیخ ابو سعید ابوالخیر گفت: روزی کسی از من خواست که از حکایت‌های شیخ برای او بنویسم. مشغول نوشتن بودم که کسی آمد و گفت: شیخ تو را می‌خواند رفتم.

چون نزد شیخ رسیدم، گفت: عبدالکریم در چه کاری؟ گفتم: درویشی چند حکایت از حکایت‌های شیخ خواسته در کار نوشتن آن حکایات بودم. شیخ گفت: ای عبدالکریم حکایت نویس مباش، چنان باش که از تو حکایت کنند.

اگر یک نفر می‌تواند کاری انجام دهد، تو هم می‌توانی آن را انجام دهی! اگر هیچ کس نمی‌تواند کاری را انجام دهد تو باید انجامش دهی و یاد بدهی که چگونه می‌شود انجامش داد!

اخلاق و ادب را سرلوحه زندگی قرار دهید.

می‌گوینـد روزی جالینـوس حکیـم مشـهوربا یاران و شـاگردان خـود از کوچـه‌ای می‌گذشـتند، جوانی بسـیار زیبـا و صاحب جمـال پیش آمد، حکیـم از او سـوالی کرد، جوان بسـیار ترش رویی کـرد و جـواب ناپسـندی داد کـه تـو هیـن بـه حکیـم بـود.

شـاگردانش می‌خواسـتند پاسـخ او را بدهنـد، حکیـم گفت: رهایـش کنید او ماننـد ظرفـی اسـت از طلاکه درونش سـرکه ریخته‌اند!

افلاطون: بـرای تحصیل سـعادت بایـد اخلاق خـوب را پیروز سـاخت و بـر ضد اخلاق بـد بایـد جنگید.

تمامی انسان‌ها اشتباه می‌کنند، (آزمون و خطا کنید).

خواجه نصیرالدین طوسی دانشمند معروف که در علم نجوم نیز اطلاعات فراوانی داشت در یکی از سفرها با همراهان خود ناچار شد در بیابانی بخوابد.

در آن نزدیکی آسیابانی منزل داشت آسیابان به حضور دانشمند مشهور رسید و گفت: امشب باران نخواهد بارید. پس در آسیاب من بخوابید.

خواجه نصیر به آسمان نگاهی کرد و خندید و گفت: نه امشب باران نخواهد بارید، پس از ساعتی باران شدیدی شروع به باریدن کرد، خواجه ناچار شد با یاران خود به آسیاب پناه ببرد. وقتی که در آن جا آرام گرفتند از آسیابان پرسید تو از کجا دانستی که امشب باران می‌بارد؟

آسیابان تبسمی کرد و گفت: من سگی دارم که هر شب به داخل آسیاب می‌آید می‌فهمم که باران خواهد بارید. خواجه نصیر رو به یاران خود کرد و گفت: می‌بینید عمر عزیز ضایع کردیم ولی به قدر ادراک سگ تحصیل نکردیم.

آزمایش‌های نا کام نیز به همان اندازه آزمایش‌های کامیاب، بخشی از فرآیند رشد هستند.

ماه را هدف قرار بده، تا اگر هم به خطا رفتی جایی میان ستارگان سر در آوری.

سعی نکنید همه را از خود راضی کنید.

سه نفر محکوم به اعدام با گیوتین شدند: یک کشیش، یک وکیل دادگستری و یک فیزیکدان.

در هنگام اعدام کشیش پیش قدم شد سرش را زیر گیوتین گذاشتند و از او سوال شد حرف آخرت چیست؟

گفت: خدا خدا خدا او مرا نجات خواهد داد وقتی تیغ گیوتین را پایین آوردند نزدیک گردن او متوقف شد مردم تعجب کردند و فریاد زدند آزادش کنید. خدا حرفش را زده! و به این ترتیب نجات یافت.

نوبت به وکیل دادگستری رسید، از او سوال شد آخرین حرفی که می‌خواهی بگویی چیست؟ گفت: من مثل کشیش خدا را نمی‌شناسم اما درباره عدالت می‌دانم. عدالت عدالت عدالت گیوتین پایین رفت اما نزدیک گردنش ایستاد. مردم تعجب کردند و گفتند: آزادش کنید عدالت حرف خودش را زده وکیل هم آزاد شد. آخر کار نوبت به فیزیکدان رسید. سوال شد: آخرین حرفت را بزن. گفت: من نه کشیشم که خدا را بشناسم و نه وکیلم که عدالت را بدانم. اما می‌دانم که روی طناب گیوتین گره‌ای هست که مانع پایین آمدن تیغه می‌شود. با نگاه به طناب دریافتند و گره را باز کردند. تیغ بر گردن فیزیکدان فرود آمد و سر او را از تن جدا کرد.

چه فرجام تلخی دارند آنان که واقعیت را می‌گویند و به گره‌ها اشاره می‌کنند.

رمز موفقیت را نمی‌دانم اما دلیل شکست راضی نگه داشتن همه از خود می‌باشد.

عذر خواهی کنید.

روزی لئون تولستوی در خیابانی راه می‌رفت که ناآگاهانه به زنی تنه زد. زن بی‌وقفه شروع به فحش دادن و بد و بیراه گفتن کرد. بعد از مدتی که خوب تولستوی را به باد ناسزا گرفت ؛ تولستوی کلاهش را از سرش برداشت و محترمانه معذرت خواهی کرد و در پایان گفت: مادمازل من لئون تولستوی هستم.

زن که بسیار شرمگین شده بود، عذر خواهی کرد و گفت: چرا شما خودتان را زودتر معرفی نکردید؟

تولستوی در جواب گفت: شما آن چنان غرق معرفی خودتان بودید که به من مجال این کار را ندادید!

همیشه دو درس را در زندگی خود به یاد داشته باشید، جسارت در بیان عقیده، جرات در پذیرش اشتباه.

به زبانت اجازه نده که قبل از فکرت به کار بیفتد. بهتر است دهان خود را ببندید و ابله به نظر برسید، تا این که آن را باز کنید و همهٔ تردیدها را از میان ببرید.

در حق دیگران دعای خیر کنید.

روزی حضرت عیسی (ع) از صحرایی می‌گذشت. در راه به عبادت گاهی رسید که عابدی در آن جا زندگی می‌کرد.

حضرت با او مشغول سخن گفتن شد. در این هنگام جوانی که به کارهای زشت و ناروا مشهور بود از آن جا گذشت.

وقتی چشمش به حضرت عیسی (ع) و مرد عابد افتاد پایش سست شد و از رفتن باز ماند. همان جا ایستاد و گفت: خدایا من از کردار زشت خویش شرمنده ام. اکنون که پیامبرت مرا ببیند و سرزنش کند چه کنم؟ خدایا عذرم را بپذیرد و آبرویم را نریز.

مرد عابد تا آن جوان را دید سر به آسمان بلند کرد و گفت: خدایا! مرا در قیامت با این جوان گناهکار محشورنکن در این هنگام خداوند به پیامبرش وحی آمد که به این عابد بگو: ما دعایت را مستجاب کردیم و تو را با این جوان محشور نمی‌کنیم. چرا که او به دلیل توبه و پشیمانی اهل بهشت است و تو به دلیل غرور و خود بینی اهل دوزخ.

برای چراغ‌های همسایه نور آرزو کنیم، تا حوالی خانه خودمان هم روشن شود.

در زندگی مهارت کسب کنید.

موتور کشتی بزرگی خراب شد. مهندسان زیادی تلاش کردند تا مشکل را حل کنند اما هیچ کدام موفق نشدند!

سرانجام صاحبان کشتی تصمیم گرفتند مردی را که سال‌ها تعمیر کار کشتی بود بیاورند...

وی با جعبه ابزار بزرگی آمد و بلافاصله مشغول بررسی دقیق موتور کشتی شد دو نفر از صاحبان کشتی نیز مشغول تماشای کار او بودند. مرد از جعبه ابزارش آچار کوچکی بیرون آورد و با آن به آرامی ضربه‌ای به قسمتی از موتور زد بلافاصله موتور شروع به کار کرد و درست شد.

یک هفته بعد صورت حسابی ده هزار دلاری از آن مرد دریافت کردند. صاحب کشتی با عصبانیت فریاد زد: او واقعاً هیچ کاری نکرده. ده هزار دلار برای چه می‌خواهی بگیرد؟

بنابراین از آن مرد خواستند ریز صورت حساب را برایشان ارسال کند. مرد تعمیر کار نیز صورت حساب را این طور برایشان فرستاد: ضربه زدن با آچار ۲ دلار. تشخیص این که ضربه به کجا باید زده شود ۹۹۹۸ دلار و ذیل آن نیز نوشت: تلاش کردن مهم است!

اما دانستن این که کجای زندگی باید تلاش کرد می‌تواند همه چیز را تغییر بدهد...

سعی کنید هر روز چیزی یاد بگیرید و دست از آموختن بر ندارید.

مسئولیت پذیر باشید.

فـردی می‌گفـت: ژاپـن کـه بـودم روزی از روزهـا در حیـن رفتـن بـه محـل کار مشـاهده کـردم کـه خیابان خیلـی شـلوغ اسـت.وضع غیـر عـادی بـود! با کمی پـرس و جو متوجـه شـدم یک نفر خودکشـی کـرده اسـت. این‌هـا را هـم بگویـم کـه در ژاپـن آن قـدر خـود کشـی رایـج شـده کـه دیگـر خیلـی جـای تعجب نداشـت! فهمیـدم طرف، مهنـدس پیمانکار یـک سـاختمان بوده. قرار بوده روز جمعـه سـاختمان را طبـق قـرارداد تحویـل صاحبـش بدهد. روز جمعه سـاختمان کارش تمـام نشـده بـود. مهنـدس پیمانکار از صاحب سـاختمان، دو روز شـنبه و یکشـنبه را مهلـت گرفتـه تا سـاختمان را سـاعت ۸ روز دوشـنبه به کارفرما تحویل بدهد.اما در ایـن وقت اضافه هم مهندس و تیـم اجرایـی اش از عهـده اتمـام کارهـای سـاختمان بر نمی‌آینـد و سـاختمان هـم چنان نا تمـام می‌ماند روز دو شـنبه که صاحب سـاختمان برای تحویل خانه مراجعه می‌کند با جسد حلق آویز شـده مهنـدس پیمانکار مواجـه می‌شـود.

نکته جالب داسـتان این جا بود که کارهای باقی مانده پروژه، تنها نصب کلید و پریزهای برق و نظافت سـاختمان بود! به دوسـتان ژاپنی به تعجب می‌گفتم این چه آدمـی بوده؟ خب چرا برای چنین موضوع کوچکی خودکشـی؟

و آن‌ها با دهان باز مرا نگاه می‌کردند و می‌پرسـیدند: خودکشـی ندارد این آینده شـغلی اش به پایان رسـیده بود. دو بار زیر قولش زده دیگر کسـی به او کار نمی‌دهد.

گذشته را رها کنید، چرا که برای شروع هیچ وقت دیر نیست.

شبی دزدی به خانه جنید بغدادی از عرفای معروف رفت ولی غیر از یک پیراهن چیز دیگری نیافت پیراهن را برداشت و فرار کرد، فردا جنید در بازار پیراهن خود را در دست همان دزد دید که می‌خواهد بفروشد. مردی آمد و خواست پیراهن را بخرد، به دزد گفت: اگر یک نفر گواهی دهد که این پیراهن مال خودت است آن را خواهم خرید. جنید بلافاصله پیش رفت و گفت: من گواهی می‌دهم که این پیراهن مال اوست. خریدار پیراهن را خرید. ولی دزد جنید را شناخت از کار خود بسیار پشیمان شد و تا آخر عمر از دزدی دست کشید.

امروز اولین روز از فرصت‌های باقی مانده است، هیچ وقت برای یک تصمیم خوب دیر نیست.

خود را درمسیر، جریان کائنات قرار دهید.

زن فقیری که خانواده کوچکی داشت با یک برنامه رادیویی تماس گرفت و از خدا در خواست کمک کرد. مرد بی‌ایمانی که داشت به این برنامه رادیویی گوش می‌داد تصمیم گرفت سر به سر این زن بگذارد.

آدرس او را به دست آورد و به منشی اش دستور داد مقدار زیادی مواد خوراکی بخرد و برای زن ببرد.

ضمنا به او گفت: وقتی آن زن از تو پرسید چه کسی این غذا را فرستاده؟ بگو کار شیطان است.

وقتی منشی زن به خانه زن رسید زن خیلی خوشحال و شکر گزار شد و غذاها را به داخل خانه کوچکش برد. منشی از او پرسید: نمی خواهی بدانی چه کسی غذا را فرستاده؟

زن جواب داد نه مهم نیست ؛ وقتی خدا امر کند حتی شیطان هم فرمان می‌برد.

اگر در شناخت خود و خداوند قدم گذارید، کائنات تمام خواسته‌های مادی و معنوی شما را فراهم می‌کند.

به امید شانس نباشید.

روزی اسب پیرمردی فرار کرد: مردم گفتند: چه قدر بد شانسی. پیرمرد گفت: از کجا معلوم فردا اسب پیرمرد با چند اسب وحشی برگشت. مردم گفتند چه قدر خوش شانسی پیرمرد گفت: از کجا معلوم.

پسر پیرمرد از روی یکی از اسب‌ها افتاد و پایش شکست. مردم گفتند: چه قدر بد شانسی پیرمرد گفت: از کجا معلوم فردایش از شهر آمدند و تمام مردهای جوان را به جنگ بردند به جز پسر پیرمرد که پایش شکسته بود. مردم گفتند: چه قدر خوش شانسی. پیرمرد گفت: از کجا معلوم.

زندگی پر از خوش شانسی‌ها و بد شانسی‌های ظاهری است. شاید بدترین بد شانسی‌های امروزتان مقدمه خوش شانسی‌های فردایتان باشد. از کجا معلوم؟

یک انسان خردمند، فرصت‌ها و شانس‌ها را می‌سازد نه این که در انتظار آن‌ها بنشیند. کسی که به امید شانس نشسته باشد سال‌ها قبل مرده است.

با اراده باشید.

روزی حضرت سلیمان مورچه‌ای را در پای کوهی دید که مشغول جابه جا کردن خاک‌های پایین کوه بود.

از او پرسید: چرا این همه سختی را متحمل می‌شوی؟ مورچه سرش را بالا آورد و پاسخ داد: معشوقم به من گفته اگر این کوه را جابه جا کنی به وصال من خواهی رسید و من به عشق وصال او می‌خواهم این کوه را جابه جا کنم سلیمان نبی فرمود: تو اگر عمر نوح را هم داشته باشی نمی‌توانی این کار را انجام دهی.

مورچه گفت: تمام سعی‌ام را می‌کنم. حضرت سلیمان که بسیار از همت و پشتکار مورچه خوشش آمده بود برای او کوه را جابه جا کرد. مورچه رو به آسمان کرد و گفت: خدایی را شکر می‌گویم که در راه عشق پیامبر را به خدمت موری در می‌آورد.

نتیجه: هرگز نا امیدی را در حریم خود راه ندهید و با عشق تمام سعی تان را بکنید....

وبه یاد داشته داشته باشید که پیامبری همیشه در همین نزدیکی است.

اراده‌های قوی، جز در لباس عمل و کردار ظهور نمی‌یابند.

خود پسند نباشید.

مارادونا مدتی به خاطر افسردگی پس از ترک اعتیاد در تیمارستان بستری بود. وقتی مرخص شد حرف قشنگی زد: اون جا دیوانه‌های زیادی بودند، یکی می‌گفت من چگوارا هستم همه باور می‌کردن ؛ یکی می‌گفت من گاندیم همه قبول می‌کردن. ولی وقتی من گفتم مارادونا هستم همه خندیدن و گفتن هیچ کس مارادونا نمیشه!

اون جا بود که من خجالت کشیدم که چه بر سر خودم آوردم. مراقب خودتان باشید برگ‌ها همیشه زمانی می‌ریزند که فکر می‌کنند طلا شدند.

برگ در انتهای زوال می‌افتد و میوه در اوج کمال، بنگر که چگونه می‌افتی؟ چون برگی زرد یا سیبی سرخ؟

۸۴

خدا همیشه با ما است.

روزی استاد به هر یک از شاگردانش پرنده‌ای داد و گفت که برای جلسه بعد این پرنده را در جایی سر ببرید که هیچ کس نباشد و برای من بیاورید. روز موعود تمام شاگردان به جز یک نفر پرنده‌های سر بریده را آوردند. استاد از او پرسید: چرا این کار را نکردی؟

شاگرد پاسخ داد: جایی نیافتم که هیچ کس در آن نباشد، زیرا هر جا که رفتم خدا آن جا بود.

همه را صدا کردم الا خدا! هیچ کس جواب نداد الا خدا!

سرگذشت بزرگان را مطالعه کرده و افراد موفق را الگو قرار دهید.

پروفسور حسابی: ۲۲ سال درس دادم.

- هیچ گاه لیست حضور و غیاب نداشتم (چون کلاس باید این قدر جذاب باشد که بدون حضور و غیاب شاگردت به کلاس بیاید)

- هیچ گاه سعی نکردم کلاسم را غمگین و افسرده نگه دارم (چون کلاس، خانه دوم دانش آموزان هست)

- هر دانش آموزی دیر آمد، سر کلاس راهش دادم! (چون می‌دانستم اگر ۱۰ دقیقه هم به کلاس بیاید یعنی احساس مسوولیت نسبت به کارش)

- هیچ گاه بیشتر از دو بار حرفم را تکرار نکردم (چون این قدر جذاب درس می‌دادم که هیچ کس نگفت بار سوم تکرار کن)

- هیچ گاه ۹۰ دقیقه درس ندادم. (چون می‌دانستم کشش دانش آموز متوسط و کم هوش و با هوش با هم فرق دارد.)

- هیچ گاه تکلیف پولی برای کسی مشخص نکردم! (چون می‌دانستم ممکن است بچه‌ای مستضعف باشد یا یتیم)

- هیچ گاه دانش آموزی درب دفتر نفرستادم (چون می‌دانستم درب دفتر ایستادن یعنی شکستن غرور)

-هیچ گاه تنبیه تکی نکردم و گروهی تنبیه کردم (چون می‌دانستم تنبیه گروهی جنبه سرگرمی هست ولی تنبیه تکی غرور را می‌شکند.)

-همیشه هر دانش آموزی را آوردم پای تخته، بلد بود (چون می‌دانستم که کجاگیر می‌کند و نمی‌پرسیدم)

کسانی را در زندگی الگو قرار دهید که افراد بزرگ و فاضلی هستند تا با تاثیر از اخلاق و فضیلت آن‌ها مس وجود شما زر گردد.

تغییر کنید.

ناصر خسرو تا ۴۰ سالگی شراب می‌خورد. در ۴۰ سالگی بود که خواب حج دید و مرد دین شد و به سفر حج رفت. ۵ بار به سفر حج رفت که جمعاً ۱۵ سال از عمرش رو در سفر حج گذراند. پس از ۵ سفر دیگه به حج نرفت.

مردم به ناصرخسرو گفتند چرا دیگه به حج نمی‌روی؟ گفت: در سفر آخرم در راه رفتن به حج در میانه‌ی راه یکی از همسفران غذا نداشت و رویش نمی‌شد تا از کسی غذایی طلب کند. دیدم به یکباره از شدت ضعف در حال موت است خرمایی داشتم به او دادم و حالش بهبودی یافت. در آن لحظه به ناگاه گمان کردم که کعبه را طواف می‌کنم.

و در همان هنگام این شعر را سرود:

همه روز روزه بودن همه شب نماز کردن همه سال حج نمودن سفر حجاز کردن

زمدینه تا به کعبه سر و پا برهنه رفتن ز ملاهی و مناهی همه احتراز کردن

شب جمعه‌ها نخفتن به خدای راز گفتن به خدا که هیچ کس را ثمر آن قدر ندارد

که به روی ناامیدی در بسته باز کردن

امروز تصمیم بگیرید به جای آن‌که قربانی تقدیر باشید، استاد تغییر باشید.

وجدان داشته باشید.

دکتر حسین الهی قمشه ای: کسی را دوست بدار که دوستت دارد. حتی اگر غلام درگاهت باشد، و دست بکش از دوست داشتن کسی که دوستت ندارد. حتی اگر سلطان قلبت باشد. فراموش نکن که زمان آدم وفادار رو مشخص می‌کنه نه زبان. دریا برای مرغابی تفریحی بیش نیست، اما برای ماهی زندگیست برای کسی که دوستت دارد زندگی باش نه تفریح!

هـر کـس حـق داره هـر طـور می‌خواد فکر کنه و توقـع داشـته باشـه کـه دیگران هـم بـه عقایدش احترام بگذارند. اما من قبل از این که با دیگران زندگی کنم، باید بتونم با خـودم زندگی کنم.... وجدان آدم تنهـا چیزیه کـه نمی‌تونه تابع نظر اکثریت باشه.

۸۸

به هر فردی اطمینان نکنید.

مارها قورباغه‌ها را می‌خوردند و قورباغه‌ها غمگین بودند.

قورباغه‌ها به لک‌لک‌ها شکایت کردند. لک‌لک‌ها مارها را خوردند و قورباغه‌ها شادمان شدند. لک‌لک‌ها گرسنه ماندند و شروع به خوردن قورباغه‌ها کردند. قورباغه‌ها دچار اختلاف دیدگاه شدند.

عده‌ای از آن‌ها با لک‌لک‌ها کنار آمدند و عده‌ای دیگر خواستار بازگشت مارها شدند. مارها بازگشتند و هم پای لک‌لک‌ها شروع به خوردن قورباغه‌ها کردند. حالا دیگر قورباغه‌ها متقاعد شده‌اند که برای خوردن به دنیا می‌آیند. تنها یک مساله برای آن‌ها حل نشدنی باقی مانده است "

این که نمی‌دانند توسط دوستانشان خورده می‌شوند یا دشمنانشان؟

مراقب باشید به چه کسی اعتماد می‌کنید؟ شیطان روزی یک فرشته بود.

۸۹

تملق و چاپلوسی نکنید.

مدیر و ۱۰ نفر از کارکنانش از طناب بالگردی که درصدد نجات آن‌ها بود آویزان بودند. طناب آن قدر محکم نبود که بتواند وزن هر ۱۱ نفر را تحمل کند. کمک خلبان با بلندگوی دستی از آن‌ها خواست که یک نفرشان داوطلب شود و طناب را رها کند. البته داوطلب شدن همانا و سقوط به ته دره همان. به ظاهر کسی حاضر نبود داوطلب شود.

در این هنگام مدیر گفت: که حاضر است طناب را رها کند ولی دلش می‌خواهد برای آخرین بار برای کارکنان سخن‌رانی کند. او گفت: چون کارکنان حاضرند برای سازمان دست به هر کاری بزنند و چون کارکنان خانواده خود را دوست دارند و در مورد هزینه‌های افراد خانواده هیچ گله و شکایتی ندارند و بدون هیچ گونه چشم داشتی پس از خاتمه ساعت کار در اداره می‌مانند، من برای نجات جان آن‌ها طناب را رها خواهم کرد.

به محض تمام شدن سخنان مشوقانه و تحسین بر انگیز مدیر، کارکنان که به وجد آمده بودند شروع کردند به دست زدن و ابراز سپاسگزاری از مدیر!

بهترین اشخاص کسانی هستند که اگر از آن‌ها تعریف کردند خجل شوند و اگر از آن‌ها بد گفتند سکوت کنند.

انتقام جو نباشید.

در نزدیکی ده ملا مکان مرتفعی بود که شب‌ها باد می‌آمد و فوق‌العاده سرد می‌شد. دوستان ملا گفتند: ملا اگر بتوانی یک شب تا صبح بدون آن‌که از آتشی استفاده کنی و در آن تپه بمانی ما یک سور به تو می‌دهیم. وگرنه تو باید یک مهمانی مفصل به همه ما بدهی. ملا قبول کرد. شب در آن جا رفت و تا صبح به خود پیچید و سرما را تحمل کرد و صبح که آمد گفت: من برنده شدم و باید به من سور دهید. گفتند: ملا از هیچ آتشی استفاده نکردی؟ ملا گفت: نه فقط در یکی از دهات اطراف یک پنجره روشن بود و معلوم بود شمعی در آن جا روشن است. دوستان گفتند: همان آتش تو را گرم کرده و بنابراین شرط را باختی و باید مهمانی بدهی.

ملا قبول کرد و گفت: فلان روز ناهار به منزل ما بیایید. دوستان یکی یکی آمدند، اما نشانی از ناهار نبود. گفتند: ملا انگار ناهاری در کار نیست. ملا گفت: چرا ولی هنوز آماده نشده ؛ دو سه ساعت دیگه هم گذشت باز ناهار حاضر نشد. ملا گفت: آب هنوز جوش نیامده که برنج را درونش بریزیم. دوستان به آشپزخانه رفتند ببینند چگونه آب به جوش نمی‌آید؟ دیدند ملا یک دیگ بزرگ به طاق آویزان کرده دو متر پایین تر یک شمع کوچک زیر دیگ نهاده. گفتند: ملا این شمع کوچک نمی‌تواند از فاصله دو متری دیگ به این بزرگی را گرم کند. ملا گفت: چه طور از فاصله چند کیلومتری می‌توانست مرا روی تپه گرم کند؟ شما بنشینید تا آب جوش بیاید و غذا آماده شود.

قهرمان زندگی خودت باش.

پدر , مگسک تفنگ را روی کبوتر تنظیم کرد و آن را دست پسرش داد: «اگه بتونی اون جوجه کبوتر رو بزنی همین امشب برات یک تفنگ می‌خرم که مال خودت باشه.»

پسر بچه تمام حواسش را جمع کرد و شلیک کرد. تیر به خطا رفت و جوجه کبوتر از روی شاخه پرید. مرد دستی به پشت پسر زد: «نه! هنوز بزرگ نشدی»

جوجه کبوتر تازه پرواز یاد گرفته بود و سر خوش به همه جا سرک می‌کشید. مادرش از دور مراقب بود. وقتی درست چند ثانیه قبل از شلیک پسر، جوجه کبوتر از روی شاخه پرید، کبوتر مادر بهش گفت: «دیگه مطمئن شدم بزرگ شدی.»

آخرش باید قهرمان خودت باشی، چون همه مشغول نجات دادن خودشونن!

مراقب عادت‌های خود باشید.

لطفا به این سوال جواب بدهید. اگر یک قورباغه تیز هوش و شاد را بردارید و داخل یک ظرف آب جوش بیندازید، قورباغه چه کار می‌کند؟ بیرون می‌پرد در واقع قورباغه فورا به این نتیجه می‌رسد که باید برود. حالا اگر همین قورباغه یا یکی از فامیل‌هایش را بردارید و داخل یک ظرف آب سرد بیندازید و بعد ظرف را روی اجاق بگذارید. و به تدریج به آن حرارت بدهید، قورباغه چه کار می‌کند؟ استراحت می‌کند. چند دقیقه بعد از خودش می‌پرسد: (چرا این قدر گرم شده؟ اما تا بخواهد به خودش بجنبد شما یک قورباغه آب پز آماده دارید.

نتیجه اخلاقی: زندگی به تدریج اتفاق می‌افتد، ما هم می‌توانیم مثل قور باغه داستان مان به گرمای تدریجی آب عادت کنیم و وقت را برای نجات پیدا کردن از روزمرگی از دست بدهیم و ناگهان ببینیم کار از کار گذشته و به ته خط رسیده ایم. همه ما باید نسبت به جریانات زندگی مان آگاه و بیدار باشیم. حالا سوال دوم را مطرح می‌کنیم. اگر فردا صبح از خواب بیدار شوید و دیدید ۲۰ کیلو چاق شده اید نگران نمی‌شوید؟ البته که می‌شوید. سراسیمه به بیمارستان تلفن می‌زنید (الو، الو، اورژانس، کمک، کمک) من ۲۰ کیلو چاق شده ام. اما اگر همین اتفاق به تدریج رخ بدهد یک کیلو این ماه، یک کیلو ماه آینده و... آیا باز هم همین عکس العمل را نشان می‌دهید؟ مسلما نه. با بی خیالی از کنارش می‌گذرید. برای کسانی که به ور شکسته می‌شوند یا اضافه وزن می‌آورند یا آخر ترم مشروط می‌شوند، این حوادث دفعتا و به صورت ناگهانی اتفاق نیفتاده است. یک ذره امروز، یک ذره فردا و سرانجام یک روز انفجار. زندگی ماهیت انبار شوندگی دارد. هر اتفاقی به اتفاق دیگر افزوده می‌شود، مثل قطره‌های آب که صخره‌های

سنگ را می‌فرساید. اصل قورباغه‌ای به ما هشدار می‌دهد که مراقب شرایطی که به آن عادت می‌کنیم باشیم. ما باید هر روز این پرسش را از خودمان بپرسیم که: به کجا داریم می‌رویم؟ آیا سالم تر، مناسب تر، شادتر و ثروتمندتر از سال گذشته مان هستیم؟ و اگر پاسخ مان منفی بود بی‌درنگ باید در کارهای مان تجدید نظر کنیم. شاید این نکته رعب انگیز باشد اما واقعیت این است که هیچ ثباتی در کار نیست. یا باید به جلو پیش برویم یا بلغزیم و پایین بیفتیم.

برگرفته از کتاب آخرین راز شاد زیستن، نوشته آندره میتوس

امام علی (ع) : با چیره شدن بر عادت هاست که می‌توان به بالاترین مقامات رسید.

خود را باور کنید، شما می‌توانید.

دانشجوی کارشناسی ارشد رشته ریاضی، سر کلاس خوابش برد. وقتی کلاس به انتها رسید، ناگهان از خواب پرید و با عجله دو مساله‌ای را که استاد روی تخته نوشته بود یادداشت کرد و با این باور که آن‌ها تکلیف منزل هستند از دانشگاه خارج شد. او تمام آن شب و روز بعدش را به حل این دو مساله فوق سخت اختصاص داد. با این حال نتوانست هیچ کدامشان را حل کند. او در طول هفته دست از کوشش برنداشت و به حل آن دو مساله پرداخت. سرانجام توانست یکی از آن‌ها را حل کند و به کلاس ببرد. استاد به کلی مبهوت شده بود زیرا آن دو مساله را به عنوان دو نمونه از مسایل غیر قابل حل ریاضی برای دانش آموزان نوشته بود.

ـ در یک باشگاه بدن سازی پس از اضافه کردن ۵ کیلو گرم به رکورد قبلی ورزشکاری از او خواسته شد رکورد جدیدی برای خود ثبت کند اما او موفق به این کار نشد. پس از او خواستند وزنه‌ای که ۵ کیلو گرم از رکوردش کم‌تر است را امتحان کند او به راحتی توانست وزنه را بلند کند و به بالای سر ببرد. این مساله برای ورزشکار کاملا طبیعی بود اما برای طراحان آزمایش حیرت آور می‌نمود. چرا که آن‌ها اطلاعات غلط به وزنه بردار داده بودند. او در مرحله اول از عهده وزنه‌ای که ۵ کیلو از رکورد قبلی اش کم‌تر بود برنیامده بود اما در حرکت دوم موفق به بالا کشیدن وزنه‌ای شده بود که ۵ کیلو گرم رکوردش را بهبود می‌بخشید.

انسان‌ها همان چیزی خواهند بود که می‌خواهند، هیچ کس بهتر از خودمان نمی‌تواند توانایی‌های ما را استحصال کند ما نمی‌توانیم بیش از چیزی بشویم که باور داریم هستیم، در عین حال بیش از آن چه باور داریم می‌توانیم باشیم.

۹۴

خود را ارزیابی کنید.

پسر کوچکی وارد مغازه‌ای شد، جعبه نوشابه را به سمت تلفن هل داد. بر روی جعبه رفت تا دستش به دکمه‌های تلفن برسد و شروع کرد به گرفتن شماره. مغازه دار متوجه پسر بود و به مکالماتش گوش می‌داد. پسرک پرسید: خانم می‌توانم خواهش کنم کوتاه کردن چمن‌های حیاط خانه تان را به من بسپارید؟

زن پاسخ داد: کسی هست که این کار را برایم انجام می‌دهد پسرک گفت: خانم، من این کار را با نصف قیمتی که به او می‌دهید انجام خواهم داد. زن در جوابش گفت: که از این فرد کاملا راضی است. پسرک بیشتر اصرار کرد و پیشنهاد داد: خانم من از پیاده رو و جدول جلوی خانه را هم برایتان جارو می‌کنم. در این صورت شما در روز تعطیل آخر هفته زیباترین چمن را در کل شهر خواهید داشت. مجددا زن پاسخش منفی بود. پسرک در حالی که لبخندی بر لب داشت گوشی را گذاشت.

مغازه دار که به صحبت‌های او گوش داده بود به سمتش رفت و گفت: پسر...از رفتارت خوشم آمد، به خاطر این که روحیه خاص و خوبی داری دوست دارم کاری به تو بدهم.

پسر جواب داد: نه ممنون. من فقط داشتم عملکردم را می‌سنجیدم. من همان کسی هستم که برای این خانم کار می‌کند.

خود را از نگاه مدیرانمان بشناسیم و ارزیابی کنیم.

سوال آخر امتحان.

دانشجوی سال دومی یاد می‌شد که: یک روز سر جلسه امتحان وقتی چشمم به سوال آخر افتاد، خنده ام گرفت. فکر کردم استاد حتما قصد شوخی کردن داشته است. سوال این بود: نام زنی که محوطه دانشکده را نظافت می‌کند چیست؟ من آن زن نظافتچی را بارها دیده بودم.

زنی بلند قد، با موهای جو گندمی و حدودا ۶۰ ساله بود. اما نام او را از کجا باید می‌دانستم؟

من برگه امتحانی را تحویل دادم. و سوال آخر را بی جواب گذاشتم. درست قبل از آن‌که از کلاس خارج شوم دانشجویی از استاد سوال کرد آیا سوال آخر در بارم بندی نمرات حساب می‌شود؟

استاد گفت: حتما و ادامه داد، شما در حرفه خود با آدم‌های بسیاری ملاقات خواهید کرد همه آن‌ها مهم هستند و شایسته توجه و ملاحضه شما می‌باشند، حتی اگر تنها کاری که می‌کنید لبخند زدن و سلام کردن به آن‌ها باشد.

کارکنان، همکاران خود و هر آن کس که در موفقیت شما موثر است را بهتر بشناسیم.

در کارهایتان شفافیت داشته باشید.

زن و مرد جوانی به محله جدیدی اسباب کشی کردند. روز بعد از اسباب کشی ضمن صرف صبحانه زن متوجه شد که همسایه اش در حال آویزان کردن رخت‌های شسته است و گفت: لباس‌ها چندان تمیز نیست. انگار نمی‌داند چه طور لباس بشوید. احتمالاً باید پودر لباس شویی بهتری بخرد. همسرش نگاهی کرد اما چیزی نیست.

هر بار که زن همسایه لباس‌های شسته اش را برای خشک شدن آویزان می‌کرد زن جوان همان حرف را تکرار می‌کرد تا این که حدود یک ماه بعد، روزی از دیدن لباس‌های تمیز روی بند رخت تعجب کرد و به همسرش گفت: یاد گرفته چه طور لباس بشوید. مانده ام که چه کسی درست لباس شستن را یادش داده!

مرد پاسخ داد: من امروز صبح زود بیدار شدم و پنجره هایمان را تمیز کردم.

وقتی که رفتار دیگران را مشاهده می‌کنیم، آن چه می‌بینیم به درجه شفافیت پنجره‌ای که از آن مشغول نگاه کردن هستیم بستگی دارد. قبل از هر گونه انتقادی، بد نیست توجه کنیم به این که خود ما در آن لحظه چه ذهنیتی داریم و از خودمان بپرسیم آیا آمادگی آن را داریم که به جای قضاوت کردن درباره فردی که می‌بینیم در پی دیدن جنبه‌های مثبت او باشیم؟ و آیا اصولاً بدون شناخت پیرامون قضاوت درباره دیگران کار صحیح و درستی است.

ذات افراد را بشناسید.

از گوسفندی پرسیدند: اگر تو گرگ بودی چه کار می‌کردی؟ گوسفند گفت: من گرگ‌ها را به علف خوردن عادت می‌دادم تا دیگر به گوسفندهای بی‌گناه حمله نکنند. از گرگی پرسیدند: اگر گوسفند بودی چه کار می‌کردی؟

گفت: من به گوسفندها می‌آموختم که چه طور با دو پای عقبشان به سر گرگ‌ها بزنند و آن‌ها را بکشند.

ذات هیچ حیوانی را نمی‌توان عوض کرد. و آدم‌ها هم با پوشیدن لباس‌های رنگارنگ ذاتشان تغییر نمی‌کند.

ذات واقعی آدم‌ها را زمانی می‌فهمید که دیگر منفعتی برای آن‌ها نداشته باشید.

همیشه از یک استاد یا فرد راهنما پیروی کنید.

دزدی به خانه (احمد خضرویه) رفت و بسیار بگشت، اما چیزی نیافت که در خور دزدی باشد. خواست که نومید بازگردد که ناگهان احمد او را صدا زد و گفت: ای جوان سطل را بردار و از چاه آب بکش و وضو ساز و به نماز مشغول شو تا اگر چیزی در راه رسید به تو دهم. مباد که تو از این خانه با دستان خالی بیرون روی! دزد جوان آبی از چاه بیرون در آورد وضو ساخت و نماز خواند.

روز شد کسی در خانه احمد را زد، داخل آمد و ۱۵۰ دینار نزد شیخ گذاشت و گفت: این هدیه به جناب شیخ است. احمد رو به دزد کرد و گفت: دینارها را بردار و برو! این پاداش یک شبی است که در این خانه نماز خواندی. حال دزد دگرگون شد و لرزه بر اعضایش افتاد. گریان به شیخ نزدیک‌تر شد و گفت: تا کنون به راه خطا می‌رفتم.

شبی را برای خدا گذراندم و نماز خواندم. خداوند مرا این چنین اکرام کرد و بی‌نیاز ساخت مرا بپذیر تا نزد تو باشم و راه صواب را بیاموزم. کیسه زر را برگرداند و از مریدان شیخ احمد گشت.

به دور دست‌ها خیره نشوید.

شـرلوک هولمـز کارآگاه معـروف و معاونش دکتر واتسـون به خارج از شـهر رفتـه و شب چادری زدنـد و زیـر آن خوابیدنـد. نیمه‌هـای شـب هلمـز بیدار شـد و آسـمان را نگریسـت. بعد واتسـون را بیـدار کرد و گفت: نگاهـی به آن بالا بینـداز و به مـن بگو چه می‌بینی؟

واتسون گفت: میلیون‌ها سـتاره می‌بینـم. هلمـز گفت: چه نتیجـه‌ای می‌گیری؟ واتسون گفت: از لحاظ معنـوی نتیجـه می‌گیرم که خداوند بزرگ اسـت و ما چقدر در این دنیا حقیریم.

از لحاظ سـتاره شناسی نتیجه می‌گیرم که زهره در برج مشـتری اسـت، پس باید اوایل تابستان باشد. از لحاظ فیزیکی، نتیجـه می‌گیرم که مریخ در موازات قطب اسـت، پس سـاعت باید حدود سـه نیمه شـب باشـد. شـرلوک هولمز نگاهـی به او کرد و گفت: واتسون تو احمقی بیش نیسـتی! نتیجه اول و مهمی که باید بگیری این اسـت که چادر ما را دزدیده‌اند...

گاهی واقعـا انسـان از اتفاقاتـی کـه در نزدیکش می‌افتد غافل و در عوض دور دسـت‌ها را می‌بیند. برداشت‌های جـور واجور می‌کند و تصمیمات اشتباهی گرفته و فرصت‌های خوبی را از دست می‌دهد.

هیچ یک از ما نمی‌بیند که پیش پایش چیست؟ همۀ ما به ستارگان خیره شده ایم.

۱۰۰

به چیزی که دارید قانع باشید.

روزی یک نفر از درباریان، سقراط را دید که از سبزیجات و میوه‌هایی که روی آب جاری روان بود جمع‌آوری می‌کرد و می‌خورد رو کرد به سقراط و گفت: اگر مانند من در خدمت سلطان بودی محتاج این خوردنی‌های فاسد نمی‌شدی، سقراط گفت: تو هم اگر مثل من به خوردن این سبزی‌ها قناعت می‌کردی محتاج خدمت سلطان نمی‌شدی.

امام علی (ع) : زیبایی زندگی قناعت است.

۱۰۱

ملاک برتری اعمال است.

سلطان محمود، پیرمردی را در صحرا دید که با پای برهنه خار جمع می‌کرد. محمود نامش را پرسید: گفت: نام من محمود است. سلطان محمود گفت: چگونه ممکن است نام من محمود باشد و نام تو هم محمود؟

پیرمرد گفت: ای سلطان بدان که چون من و تو بمیریم دو گز زیر زمین برویم آن وقت هر دو برابر می‌شویم و آن جا از نام ما نمی‌پرسند. بلکه از عمل ما می‌پرسند.

الهی نامه – عطار

پیامبر اکرم (ص) : هیچ کس بر دیگری برتری ندارد، مگر به وسیلهٔ دین یا عمل شایسته.

۱۰۲

با انگیزه باشید.

نجار پیری بود که می‌خواست بازنشسته سود او به کارفرمایش گفت: که می‌خواهد ساختن خانه را رها کند و از زندگی بی‌دغدغه در کنار همسر و خانواده اش لذت ببرد. کارفرما از این که دید کارگرش می‌خواهد کار را ترک کند ناراحت شد. او از نجار پیر خواست که به عنوان آخرین کار، تنها یک خانه دیگر بسازد. نجار پیر قبول کرد اما کاملا مشخص بود که دلش به این کار راضی نیست. او برای ساختن این خانه، از مصالح بسیار نا مرغوبی استفاده کرد و با بی‌حوصلگی به ساختن خانه ادامه داد. وقتی کار ساختن خانه به پایان رسید، کارفرما برای وارسی خانه آمد او کلید خانه را به نجار داد وگفت: این خانه متعلق به توست. این هدیه‌ای است از طرف من برای تو. نجار شوکه شده بود. مایه تاسف بود! اگر می‌دانست که دارد خانه‌ای برای خودش می‌سازد، مسلما به گونه‌ای دیگر کارش را انجام می‌داد.

سعی نکنیم بهتر یا بدتر از دیگران باشیم، بکوشیم نسبت به خودمان بهترین باشیم.

از مکافات عمل غافل نشوید.

مـرد فقیـری بـود کـه همسـرش کـره مـی‌ساخت و او آن را بـه یکـی از بقالـی‌هـای شـهر مـی‌فروخت و ایـن گونـه بـه زندگـی شـان ادامـه مـی‌دادنـد. آن زن کره‌هـا را بـه صـورت دایره‌هـای یـک کیلویـی مـی‌ساخت و مـرد آن‌هـا را بـه یکـی از بقالـی‌هـای شـهر مـی‌بـرد و مـی‌فروخـت. ودر مقابل مایحتـاج خانـه را مـی‌خرید.

روزی مرد بقال به وزن کره‌هـا شـک کـرد و تصمیـم گرفت یکـی از آن‌هـا را وزن کند. هنگامـی کـه آن را وزن کرد دید وزنـش ۹۰۰گـرم اسـت. کـره دوم را هـم کشـید وزن آن هـم ۹۰۰گـرم بـود و همیـن طور تا آخر همه کره‌هـا دقیقـا ۹۰۰گـرم وزن داشـتند. او از مـرد فقیـر بسـیار عصبانـی شـد و روز بعـد کـه بـرای تحویـل کره‌هـای تازه آمـده بـود بـا خشـم فـراوان بـه او گفت: تو از اعتمـاد مـن سـوء استفاده کـردی، تـو کره‌هـا را بـه عنـوان یـک کیلویـی بـه مـن می‌فروختـی در حالـی کـه وزن همه آن‌هـا ۹۰۰گـرم بـود. از مغـازه ام بیرون شـو کـه مـن دیگـر از تـو کره نمی‌خـرم. مرد فقیر خیلـی ناراحـت و اندوهگین شـد.

سرش را پاییـن انداخـت و گفت: ما ترازویـی نداریـم بـه همیـن خاطـر یـک بـار از شـما یـک کیلو شـکر خریدیـم و همـان یـک کیلـو شـکر را بـه عنـوان وزنـه ترازوی خـود قرار دادیـم و همـه کره‌هـا را بـا مقیـاس آن یـک کیلـو شـکر وزن می‌کنیـم. مـرد بقـال دیگـر هیـچ نگفت.

با همان متری که دیگران را اندازه گیری می‌کنید، اندازه گیری می‌شوید، پس مراقب اعمالتان باشید زمین به شدت گرده!

به دنبال پاسخ، پرسش‌هایتان باشید.

وقتی اینشتین زنده بود و در آلمان به سر می‌برد، شاگردی دبستانی از لندن نامه‌ای برایش نوشت و سوال کرد که اگر این فرضیه درست باشد که غالب ستارگان آسمان از زمین بزرگ‌تر یا نظیر زمین اند. چگونه ممکن است این همه ستاره در آسمان بگنجد؟

مگر آسمان چه قدر گنجایش دارد؟ و در صورتی که ستارگان به این بزرگی باشند که معلم ما می‌گوید چگونه به هم نچسبیده اند و چرا تمام سطح آسمان را نمی‌پوشانند؟ اینشتین جواب پسرک محصل را چنین نوشت: فرزندم قطعا پرتقال‌های درشت فلسطین را دیده‌ای که توی صندوق‌ها می‌چینند و به انگلستان فرستاده می‌شود. ببین هر چه قدر که پرتقال‌ها بزرگ باشد صندوق بزرگ‌تر برای گنجاندن آن کفایت می‌کند. خداوند توانسته است که این کرات بزرگ را در این صندوق بزرگ جا بدهد! فهمیدی!

از پرسیدن خجالت نکشید و به دنبال پاسخ سوالات خود باشید. دربارۀ انسان‌ها از روی سوالاتی که می‌پرسند قضاوت کن، نه جواب‌هایی که می‌دهند.

۱۰۵

نقاط ضعفتان را به نقاط قوتتان تبدیل کنید.

کودکی ده ساله که دست چپش در یک حادثه رانندگی از بازو قطع شده بود برای تعلیم فنون رزمی جودو به یک استاد سپرده شد.

پدر کودک اصرار داشت استاد از فرزندش یک قهرمان جودو بسازد. استاد پذیرفت و به پدر کودک قول داد که یک سال بعد می‌تواند فرزندش را در مقام قهرمانی کل باشگاه‌ها ببیند. در طول ۶ ماه استاد فقط روی بدن سازی کودک کار کرد و در عرض این ۶ ماه حتی یک فن جودو را به او تعلیم نداد.

بعد از این ۶ ماه خبر رسید که یک ماه بعد مسابقات محلی در شهر برگزار می‌شود. استاد به کودک ده ساله فقط یک فن آموزش داد و تا زمان برگزاری مسابقات فقط روی آن تک فن کار کرد. سرانجام مسابقات انجام شد و کودک توانست در میان اعجاب همگان، با آن تک فن همه حریفان خود را شکست دهد. سه ماه بعد کودک توانست در مسابقات بین باشگاه‌ها نیز با استفاده از همان تک فن برنده شود. وقتی مسابقات به پایان رسید، در راه بازگشت به منزل کودک از استاد راز پیروزی اش را پرسید؟ استاد گفت: دلیل پیروزی تو این بود که اولا به همان یک فن به خوبی مسلط بودی. ثانیا: تنها امیدت همان یک فن بود و سوم این که تنها راه شناخته شده برای مقابله با این فن گرفتن دست چپ حریف بود که تو چنین دستی نداشتی.

تمام رموز کارهایتان را بیان نکنید.

کشتی‌گیری به شاگرد خود تمام فنون کشتی را یاد داد. به جز یک فن. شاگرد پس از آن‌که تمام فنون را آموخت خواست روی دست استاد خود بلند شود و این جا و آن جا می‌گفت: که من در شهر در کشتی از استاد خود برترم، فقط احترام استادی او را نگه می‌دارم.

این سخن به گوش حاکم شهر رسید و بر او گران آمد. دستور داد این دو کشتی‌گیر با هم کشتی بگیرند تا پهلوان شهر معلوم شود. روز موعود فرا رسید دو کشتی‌گیر پنجه در پنجه یکدیگر نهادند. استاد کهنه کار دید که به زور بازو حریف شاگرد جوان خود نمی‌شود. بنابراین رفت به سراغ همان یک فن که از شاگرد پنهان نگه داشته بود. و شاگرد را خاک کرد.

همه اهالی شهر پهلوان را تشویق کردند و حاکم بازو بند پهلوانی را به بازوی او بست. شاگرد به حاکم گفت: از فنون کشتی یک فن مانده بود که استاد به من نیاموخته بود و گر نه حریف من نمی‌شد. حاکم گفت: آن فن را از بهر چنین روزی نگه داشته بود تا تو جوان مغرور ادعای پهلوانی نکنی.

با وفا خود نبود در عالم یا مگر کس در این زمانه نکرد

کس نیاموخت علم تیر از که مرا عاقبت نشانه نکرد.

به خاطر چیزهایی که از دست می‌دهید ناراحت نشوید.

راننده‌ای که با نرده‌های کنار جاده تصادف می‌کند از خسارتی وارد شده به ماشینش ناراحت می‌شود و نرده‌ها را عامل این خسارت می‌داند. ولی وقتی پایین می‌آید و آن طرف نرده‌ها را که دره‌ای وحشتناک است می‌بیند، بسیار خوشحال می‌شود و نرده‌ها را وسیله نجات خود می‌بیند.

مصیبت‌ها همان نرده‌های کنار جاده است که در ظاهر خسارتی وارد می‌کند ولی مانع پرت شدن می‌شود.

یک افسانه خیلی قشنگ هست که میگه: اگه لایقش باشی بهت تعلق می‌گیره و اگه لیاقت بیشتر از اونو داشته باشی ازت گرفته میشه. پس بی‌خود برای چیزایی که از دست دادید ناراحت نباشید حتما قراره بهترش گیرتون بیاد.

خود و دیگران را سرزنش نکنید.

پسری بیش از اندازه مغرور بود و شیطنت می‌کرد، روزی پدرش به او گفت: ای پسر تو هرگز آدم نمی‌شوی! پس از مدتی پسر از خانه فرار کرد و سر به بیابان گذاشت و رفت و مدت‌ها کار کرد تا این که با رنج فراوان حاکم یکی از شهرها شد، آن گاه برای پدرش پیغام داد که بیایید و قدرت و عظمت او را ببیند.

وقتی که پدر پیر به دربار پسر مغرور رسید پسر گفت: یادت هست که می‌گفتی من هرگز آدم نمی‌شوم؟ پدر خندید و گفت: من گفتم آدم نمی‌شوی نگفتم حاکم نمی‌شوی؟

نصیحت و خیر خواهی به صورت علنی، عیب جویی و سرزنش کردن است. فرزندان شاهکار آفرینش اند، به اسرار این شاهکار بیشتر توجه کنیم.

۱۰۹

جایگاه و مقام خودتان را در نظر بگیرید.

مردی جان خود را با شنا کردن در میان امواج خروشان و سهمناک رودخانه‌ای به خطر انداخت و پسر بچه‌ای را که بر اثر جریان آب به دریا رانده شده بود، از مرگ حتمی نجات داد.

پسر بچه پس از غلبه بر اضطراب و وحشت ناشی از غرق شدن، رو به مرد کرد و گفت: از این که جان مرا نجات دادید خیلی متشکرم.

چگونه می‌توانم جبران کنم؟ مرد به چشمان پسر بچه نگریست و گفت: تشکر و جبران لازم نیست.

فقط به خودت ثابت کن که جانت ارزش نجات دادن داشته.

این همه خود را تحقیر نکنید، خداوند پس از ساختن شما به خود تبریک گفت.

۱۱۰

عجولانه، شتاب‌زده و از روی عصبانیت تصمیم نگیرید.

خانم جوانی در سالن انتظار فرودگاهی بزرگ منتظر اعلام برای سوار شدن به هواپیما بود. باید ساعت‌های زیادی رو برای سوار شدن به هواپیما سپری می‌کرد و تا پرواز هواپیما مدت زیادی مونده بود.

پس تصمیم گرفت یه کتاب بخره و با مطالعه این مدت رو بگذرونه. اون همین طور یه پاکت شیرینی هم خرید...اون خانم نشست رو یک صندلی راحتی در قسمتی که مخصوص افراد مهم بود. تا هم با خیال راحت استراحت کنه و هم کتابشو بخونه. کنار دستش، اون جایی که پاکت شیرینی اش بود، یه آقایی نشست روی صندلی کنارش و شروع کرد به خوندن مجله‌ای که با خودش آورده بود. وقتی خانومه اولین شیرینی رو از تو پاکت برداشت، آقاهه هم یه دونه برداشت، خانومه عصبانی شد ولی به روش نیاورد. فقط پیش خودش فکر کرد این فرد عجب رویی داره. اگه حال و حوصله داشتم حسابی حالشو می‌گرفتم. هر یه دونه شیرینی که خانومه بر می‌داشت، آقاهه هم یکی بر می‌داشت. دیگه خانومه داشت راستی راستی جوش می‌آورد ولی نمی‌خواست باعث مشاجره بشه. وقتی فقط یه دونه شیرینی ته پاکت مونده بود، خانومه فکر کرد: آه الان این آقای پر رو و سوء استفاده‌گر چه عکس العملی نشون میده؟

آقاهه هم باکمال خونسردی شیرینی آخری رو برداشت، دو قسمت کرد و نصفشو داد خانومه و نصف دیگه شو خودش خورد. آه این دیگه خیلی رو می‌خواد...

خانومه دیگه از عصبانیت کارد می‌زدی خونش در نمی‌یومد. در حالی که حسابی قاطی کرده بود بلند شد و کتاب و اثاثش رو برداشت و یه حرف زشت به آقاهه گفت و با عصبانیت رفت برای

سوار شدن به هواپیما. وقتی نشست سر جای خودش تو هواپیما، یه نگاهی توی کیفش کرد تا عینکش رو برداره، که یک دفعه غافلگیر شد. چرا؟

برای این که دید که پاکت شیرینی که خریده بود توی کیفش هست، دست نخورده و باز نشده. فهمید که اشتباه کرده و از خودش شرمنده شد. او یادش رفته بود که پاکت شیرینی رو وقتی خریده بود تو کیفش گذاشته بود. اون آقا بدون ناراحتی و اوقات تلخی شیرینی هاشو با او تقسیم کرده بود. در زمانی که اون عصبانی بود و فکر می‌کرد که آقاهه داره شیرینی هاشو می‌خوره. حالا حتی فرصتی نه تنها برای توجیه کار خودش بلکه برای عذر خواهی از اون آقا هم نداره.

می توانیم ناراحتی خود را ابراز کنیم، اما باید طوری مدیریتش کنیم که پشیمانی حاصلش نباشد کردار انسان باید ناشی از سکون درون باشد نه شتاب.

آثار افسانه میرابی

kphclub.com

Amazon.com